Gudrun Schultheiss

Der Duft von Heu

Gudrun Schultheiss

Der Duft von Heu

Neue heitere und besinnliche
Geschichten aus dem Alltag

Nach meinem bereits bekannten und ersten Buch, das im Jahre 2007 unter dem Namen
„Der Kartoffelplattenspieler"
ISBN 9 783 755 753 483
erschien, möchte ich Ihnen nun mit vielen neuen und zum großen Teil selbst erlebten
Geschichten aus dem Alltag, mein zweites Buch unter dem Namen
„Der Duft von Heu"
vorstellen:
Es handelt von meinem Glück, auf dem Lande groß geworden zu sein, erzählt von Bräuchen,
die es heute gar nicht mehr gibt, von Abschieden und meiner Freude nun den Titel „Oma"
bekommen zu haben.
Kindheitserinnerungen wechseln sich ab mit meiner Liebe zur Natur und Ereignissen, die
mich geprägt haben und mich zu dem gemacht haben, was ich heute gerne bin.
Lassen Sie Sich einladen, mit mir durch viele Jahrzehnte zu gehen und an der Fülle meiner
reichen Lebenserfahrungen teilzunehmen.
Gudrun Schultheiss

Bibliografische Information der Deutschen Nationalbibliothek: Die Deutsche
Nationalbibliothek verzeichnet diese Publikation in der Deutschen Nationalbibliografie;
detaillierte bibliografische Daten sind im Internet über dnb.dnb.de abrufbar.

© 2021 Gudrun Schultheiss 71277 Rutesheim - Perouse Nelkenweg 3
2. überarbeitete Auflage

Herstellung und Verlag : BoD - Books on Demand, Norderstedt

Umschlagsgestaltung Franziska Schultheiss

ISBN: 9783755735274

PEROUSE, die Entstehung eines liebenswerten Waldenserortes

Wenn mich ein Fremder nach meinem Heimatort fragt und ich ihm den Namen "Perouse" nenne, werde ich oft sehr komisch angeschaut weil der Name des Ortes so französisch klingt obwohl er im Schwabenland, zwischen Stuttgart und Pforzheim liegt. Gerne erkläre ich dann, dass meine Vor-Vorfahren, die Gründer des Dorfes, vor über 300 Jahren als Asylanten im damaligen Herzogtum Württemberg aufgenommen wurden. Der Grund ihrer Flucht aus den Piemonteser Tälern, war ihre feste religiöse Bindung an die frühprotestantische Glaubensrichtung des Kaufmannes "Waldes", der im 12. Jahrhundert in Lyon lebte. Die Waldensertäler liegen im Grenzgebiet zwischen Frankreich, Italien und Savoyen. Die Sprache der dort lebenden Menschen war eine Mischung zwischen italienisch und französisch, auch "Patois" genannt. Bis zum Anfang des 20. Jahrhunderts wurde sie in Perouse noch gesprochen. Die Waldenser wurden von der katholischen Kirche aus sehr kritisch betrachtet und in ihrer Glaubensausübung sehr stark eingeschränkt. Im Jahre 1686 wurde der Protestantische Glauben vom französischen König Ludwig XIV in seinem gesamten Reich verboten. Unter der Führung von Pfarrer "Henri Arnaud" verließen die Waldenser ihre Heimat und flüchteten vor den Gewalttaten der Savoischen Truppen, die sie ihres Glaubens wegen unbarmherzig verfolgten zunächst in die Schweiz. Von dort aus erreichte Henri Arnaud im Oktober 1698 mit etwa 3000 Waldensern das Herzogtum Württemberg und bat den damals 22 jährigen Herzog Eberhard Ludwig um die Aufnahme seiner Glaubensbrüder. Württemberg war damals durch die Nachwirkungen des 30-jährigen Krieges und einigen Pestepedemien stark entvölkert, daher waren Menschen willkommen, die das, zum großen Teil brach liegende Land wieder anpflanzten. So erhielten 346 Familien (2100 Personen) die Genehmigung, sich an der Württembergisch- Badischen Grenze anzusiedeln. Die restlichen Personen fanden Aufnahme in Hessen und den Niederlanden. Im Jahre 1699 wurden die Waldenserorte, Neuhengstett, Serres, Pinache, Schönenberg, Großvillars und auch PEROUSE gegründet. Am 13. Juni 1699 kamen 71 Familien im Nachbarort Heimsheim an und bauten am östlichen

Rand der Markung einfache Baracken. In der ständigen Hoffnung lebend, bald wieder in ihre Heimat zurückkehren zu können, errichteten sie keine festen Häuser. Zur Erinnerung an ihren Heimatort "Val Perosa", im unteren Chisonetal, nannten sie ihren neuen Ort "Perouse". Von ihren Waldensernamen sind bis heute erhalten geblieben: Baret, Mouris, Simondet und Vincon. Weitere Familien aus anderen Waldensenorten (Baral, Charrier, Gayde, Jaimet, Roux und Servay) sind zugezogen.

Um von der Barackensiedlung wegzukommen, erhielten 20 Jahre nach der Gründung alle Waldenserdörfer vom Regierungsbaumeister einen einheitlichen Ortsbauplan. Deshalb findet man noch heute in allen diesen Orten das charakteristische Bild des Straßendorfes. Das heißt, alle Häuser sind mit der Giebelseite zur Straße hin ausgerichtet.

Die Waldenser waren fast alle Bauern, daher kamen bald auch die ersten württembergischen Handwerker (Maurer, Zimmerleute, Schmiede) in den Ort. Nun gab es Glaubensprobleme: Das Herzogtum

Würtemberg war der Konfession nach lutherisch, und die Waldenser galten als Reformierte. Daher wurden in Perouse zwei Schulen benötigt. Um 1750 wurden etwa 10 württembergische Kinder von einem Lehrer unterrichtet, während etwa 40 reformierte Waldenserkinder einen eigenen Schulraum hatten. Erst 1823 wurde die deutsche lutherische Schule mit der reformierten Waldenser - Schule vereinigt.

Nach sehr schwierigen Anfängen war es den Perouser Bürgern 1738 möglich, in der Hauptstraße ein schlichtes Gotteshaus zu errichten. Neben dem Kircheneingang erinnert das Waldenserwappen mit dem Wahlspruch: LUX LUCET IN TENEBRIS (das Licht leuchtet in der Finsternis) an vergangene, schwere Zeiten. In der Kirche liegt auf dem Altar noch heute eine aufgeschlagene Bibel, die in französischer Sprache geschrieben ist. Weitere historische Bauten im Dorf sind das Evangelische Pfarrhaus (1762), die Zehntscheuer und das Rathaus (1867). Das Henri-Arnaud-Denkmal neben der Kirche wurde zur 200 Jahr Feier (1899) errichtet. Im Jahre 1839 kauften die Perouser der Stadt Heimsheim für 3.924 Gulden die Markungsrechte ab. 140 Jahre nach seiner Gründung war Perouse nun eine selbständige Gemeinde. Weil die Markung mit 266,5 ha sehr klein war, blieb der Ort recht arm. Um 1885 begannen die Perouser mit dem Anbau von Kraut. Sie machten damit die besten Erfahrungen und erzielten beträchtliche Einnahmen. Noch heute ist das Kraut für seine gute Qualität bekannt. Regelmäßig werden Sauerkrautfeste im Dorf veranstaltet, die sich einer großen Besucherzahl erfreuen.

Nach einem katastrophalen Dürrejahr 1893 erreichte der unermüdlich tätige Pfarrer Wilhelm Kopp, dass eine Wasserleitung von Heimsheimer Quellen nach Perouse gelegt wurde. Diese wurde 1895 mit einem Wasserfest eingeweiht. Seit 1985 ist Perouse an die Wasserversorgung der Nachbargemeinde Rutesheim angeschlossen. Nun gehörten die bis dahin immer wieder aufgetretenen Unterbrechungen der Wasserversorgung im Dorf der Vergangenheit an. Die Zunahme der Einwohnerzahl in Perouse, erforderte bald eine Verbesserung der Infrastruktur. 1951 wurde ein Schulhaus in der Ortsmitte eingeweiht. Die Klassen 1-8 wurden in zwei Räumen von nur einem Lehrer unterrichtet. Noch früher fand der Unterricht in einem Saal des 1867 erbauten Rathauses statt. 1973 wurde das Perouser Schulhaus aufgelöst und die Kinder wurden fortan in der Nachbargemeinde Rutesheim eingeschult. Mit der Erschließung der drei Baugebiete Bauplatzwiesen, Hanfländer und Vallon ist die Einwohnerzahl von 900 Personen am 1. Jan. 1972 auf heute 1150 Einwohner gestiegen. 1972 erfolgte der freiwillige Zusammenschluss des Dorfes Perouse mit der Nachbargemeinde Rutesheim. Die ersten Jahre nach der Gründung, wurde im Waldenserort hauptsächlich Landwirtschaft betrieben. Heute arbeiten viele Einwohner in Rutesheim, Leonberg und Stuttgart. Für eine sinnvolle Freizeitgestaltung,wird der Gemeinde inzwischen ein breitgefächertes Programm im sozialen, kulturellen und sportlichen Bereich angeboten. Ein Mangel findet sich allerdings bei den Einkaufsmöglichkeiten. Für größere Besorgungen müssen die Perouser mit dem Bus oder Pkw nach Rutesheim fahren. Außer einem kleinen Bäckerladen und der Möglichkeit beim Bauern frisches Obst, Gemüse oder Blumen einzukaufen, bietet das Dorf keine Geschäfte an. Trotz dieser Einschränkungen, lebe ich nun seit 50 Jahren gerne in Perouse. Mein Heimatort ist umsäumt von Wiesen und Wäldern und bietet mir viel Gelegenheit in der schönen Umgebung die Natur zu genießen. Mit dem Bau der Umgehungsstraße 1999, wurde die 550m lange Hauptstraße zum verkehrsberuhigten Bereich zurückgebaut und hat somit ihren ursprünglichen Charakter und Charme zurückerhalten. Zum 300 jährigen Bestehen des Dorfes, hat Pfr. Herbert Vincon, ein gebürtiger Perouser, für alle interessierten Mitbürger eine neue Ortschronik geschrieben. Wer darin liest merkt schnell, Perouse ist ein Kleinod mit historischen Wurzeln im Kreis Böblingen. Auf der Suche nach den Spuren der Waldenser wird man bei uns im Dorfe reichlich fündig. Vielleicht habe ich sie nun neugierig gemacht, mein Dorf zu besuchen. Weiteres über die Waldenser können sie im Henri Arnaud Haus (Museum) in Schöneberg bei Mühlacker erfahren.

Ein neues Jahr

Geheimnisvoll und noch völlig unverbraucht liegen die kommenden 365 Tage des neuen Jahres vor mir. So Gott es will, kann ich sie nach meinen eigenen Wünschen und Bedürfnissen, sowie nach meinen, mir zur Verfügung stehenden Kräften, erleben und gestalten.
Ich freue mich immer auf ein neues Jahr und seine mir noch unbekannten, versteckten Herausforderungen, die es mit sich bringen mag. Meistens habe ich den guten Vorsatz, in die kommenden 12 Monate eine gesunde Mischung aus Arbeit, Verpflichtung und Freizeit hineinzulegen. Und ich wünsche mir, dass noch viel wertvolle Zeit übrig bleibt für die Menschen, die mich brauchen und mir nahe stehen. Unentbehrlich für das neue Jahr sind die 4 Jahreszeiten, die sich nun wieder im gewohnten Rhythmus abwechseln und einander die Hand geben werden.

Sie gestalten den Jahresablauf spannend und abwechslungsreich, denn jede dieser Zeiten hat ihren ganz besonderen Reiz auf den ich nicht verzichten möchte. Vor kurzem stellte ich dankbar fest, dass es bald 60 Jahre werden, die Gott mir geschenkt hat und jedes einzelne Jahr wurde mit dem feierlichen Glockengeläut unserer kleinen Waldenserkirche stimmungsvoll begrüßt. Und mit jedem weiteren Jahr das noch hinzukommt, wächst meine Dankbarkeit für ein gesundes, erfülltes Leben auf dieser schönen Erde.

Damals in den fünfziger Jahren, habe ich wohl die ersten Jahreswechsel in meinem noch zarten, jungen Leben in der Wiege, oder im Gitterbettchen verschlafen. Ein paar Jahre später durfte ich dann bis Mitternacht aufbleiben und an der Hand meiner Eltern das leuchtende Feuerwerk am nächtlichen Himmel bewundern.

Mit der Grundschulzeit begann für mich der erste Januar eines jeden neuen Jahres mit viel Herzklopfen und Aufregung. Ich musste allen Verwandten und Bekannten die in unserem Dorf wohnten, folgenden Segensspruch aufsagen:

> *„Ich wünsche Euch ein gutes neues Jahr,*
> *einen gesunden Leib,*
> *den Frieden, den Segen, den heiligen Geist*
> *und ein langes Leben."*

Diesen Spruch lernte ich schon viele Wochen vorher auswendig, denn mitten im Satz stecken bleiben, das wäre damals eine Schande gewesen. Zum Dank für meine guten Wünsche bekam ich in jedem Haus eine dicke Neujahrsbrezel aus Hefeteig.

Die meisten Silvester und Neujahrsfeiern habe ich als junges Mädchen im Freundes- oder Bekanntenkreis gefeiert. Später dann mit meinem zukünftigen Mann und dessen Familie. Jedes neue Jahr wurde ganz individuell und einmalig begrüßt, immer wieder gab es neue Anlässe und Vorhaben, für deren Gelingen ein gutes und gesundes neues Jahr unentbehrlich war. Drei mal trug ich am ersten Januar ein Kind unter meinem Herzen und die guten Wünsche für Gesundheit und Wohlergehen bekamen eine ganz neue Bedeutung für mich und meinen Mann.

Dankbar für unsere drei gesunden Kinder feierten wir in den

folgenden Jahren den Silvesterabend Zuhause mit vergnügten Gesellschaftsspielen, Bastelarbeiten und einem gemütlichen, lange währenden Fondeu Essen. Um Mitternacht gaben wir einander unsere guten Wünsche weiter, nahmen uns in die Arme und hörten aus der Ferne den vertrauten Klang unserer Kirchenglocken, die das neue Jahr festlich einläuteten. Mit einem Glas Sekt in der Hand und guten Vorsätzen, Hoffnungen und Vorstellungen, machten wir die ersten Schritte in das noch unbekannte, neue Jahr. Was wird es uns bringen, dachte wohl jeder im Stillen, während noch immer die leuchtenden Raketen am nächtlichen Himmel zu sehen waren.

Wir können im Gebet unseren Vater im Himmel um Bewahrung und Gesundheit bitten, doch letztendlich ist er es der entscheidet, wie unsere Tage und Jahre verlaufen. Sein Wille geschehe und wir müssen dankbar annehmen, was er für uns und unser weiteres Leben geplant hat. Unsere Aufgabe ist es, die von ihm geschenkte, begrenzte Lebenszeit nach seinem Willen gut und verantwortlich zu gestalten. Keiner kann das für uns übernehmen.

„Meine Zeit steht in deinen Händen", so heißt es in einem Lied und Psalmvers und dass diese Aussage gewisslich wahr ist, das erlebte ich am ersten Tag des neuen Jahres 2009. Ich saß am Bett meines schwer kranken Vaters und meine Neujahrswünsche für ihn kamen mir nur schwer von den Lippen. Ich spürte, dass sie nicht mehr in Erfüllung gehen können. Zu sehr hatte ihn die Krankheit ausgezehrt. Einen Tag später wurde Vater von seinem schweren Leiden erlöst und er durfte Zuhause in seiner vertrauten Umgebung friedlich einschlafen. Die Wochen und Monate vergingen, das Jahr nahm seinen gewohnten Lauf und keine Rücksicht auf meine Trauer. Das Leben ging einfach weiter, so als ob nichts geschehen wäre.

Vier Jahre später stehe ich nun wieder vor einem Jahreswechsel. Ich werde abermals diese besondere Stimmung und den Zauber erleben, der den Übergang vom Alten ins Neue ausmacht. Die Kirchenglocken um Mitternacht werden mein Herz berühren und mich dankbar auf meine gelebten Jahre zurückblicken lassen. So Gott will, werde ich in den kommenden Jahren noch ein paar Enkelkinder bekommen und als stolze Oma mit der immer größer werdenden Familie noch viele schöne Jahreswechsel erleben dürfen.

Mit allen Sinnen

Leise und unauffällig näherte ich mich der rustikalen Holzbank, die an einer Waldlichtung in der wärmenden Sonne stand. Auf ihr saß eine alte Frau. Sie hatte ihre Augen geschlossen und schien recht tief zu schlafen. Als ich mich leise und vorsichtig auf das andere Ende der Bank setzte, war sie sofort hellwach und wendete sich mir zu. Sie lächelte freundlich und war offensichtlich erfreut über meine Anwesenheit.

„Wissen Sie", sagte meine Banknachbarin, „morgen werde ich 92 Jahre alt und bei schönem Wetter komme ich jeden Tag hier her an diesen lauschigen Platz am Waldrand. Hier draußen in der Natur kann ich prüfen und herausfinden, ob ich noch alle meine fünf Sinne gebrauchen kann. Das ist nicht selbstverständlich in meinem Alter", sagte die fröhlich klingende Seniorin und gab mir einen freundschaftlichen Klaps auf die Schulter. „Wenn ich meine Augen schließe, höre ich die Vielzahl der Vogelstimmen doppelt so gut. Die meisten unserer heimischen Vögel kenne ich bei ihrem Namen, so oft habe ich schon ihrem Gesang gelauscht und mich dabei über mein noch immer gut funktionierendes Gehör gefreut. Und sehen kann ich auch noch gut", sagte die alte Dame und nahm ihre schwarze Sonnenbrille ab um mir mit klarem Blick in die Augen zu sehen. „Schauen Sie, unser Schöpfer hat hier draußen in der Natur die allerschönsten Farben verwendet, um uns Menschen zu erfreuen. Sehen Sie nur die bunte Blumenwiese, das Veilchen im Moose und den herrlichen Sonnenuntergang, den ich oft von hier aus erleben darf. Es macht mich schon traurig, dass nicht alle Menschen dieses Glück haben, mit gesunden, hellwachen Augen dieses Naturfarbenspiel betrachten zu können. Blind zu sein, das stelle ich mir ganz schlimm vor." Die alte Frau drehte sich nach hinten und brach einen kleinen Zweig von der Douglasie ab, die hinter der Holzbank groß und kräftig wuchs. Sie zerrieb die weichen Tannennadeln behutsam zwischen ihren Fingern und ließ mich anschließend an ihren Händen riechen.

Ein fruchtiger Orangenduft zog durch meine Nase, er unterschied sich von allen anderen Nadelbäumen, die hier im Wald wuchsen. „Sehen Sie, ihr Riech-Sinn funktioniert ganz gut" sagte die mir inzwischen sehr vertraute alte Frau, während sie sich bückte um ein paar rote Walderdbeeren vom Boden aufzusammeln. „In meinem Alter hat man keine Angst mehr vor dem Fuchsbandwurm" meinte sie lachend und schob sich genüsslich die süßen Beeren in den Mund. „Mmmh.... sie schmecken noch immer nach meiner Kinderzeit!

Damals haben wir die Beeren in einer Schüssel zerdrückt und etwas Sahne und Zucker dazugegeben. Köstlich war das!!" Während meine Banknachbarin in Erinnerung schwelgte und wir uns angeregt unterhielten, krabbelte mir eine stattliche Anzahl roter Waldameisen die nackten Beine hoch. Beim Versuch sie abzuschütteln, bissen sie mich deutlich spürbar in die Waden und ich schrie jammernd auf. Fast hab ich es bereut, Bekanntschaft mit der rüstigen alten Dame gemacht zu haben. Diese lachte laut und herzlich auf und meinte zu mir: „Ich habe es Ihnen ja gesagt, hier in Gottes schöner Natur werden alle

Sinne spürbar." Sie hat wohl recht, dachte ich, während ich meine brennenden Waden rieb." Nun fehlt nur noch der Tastsinn, stellte ich fest. Äußerst motiviert gab mir meine neue Bekanntschaft der Reihe nach verschiedene Gegenstände in die Hand, die sie kurz davor auf dem Waldboden aufgesammelt hatte. Diese sollte ich nun mit geschlossenen Augen erraten. Es waren Bucheckern, Eichele, Kastanien, verschiedene Zäpfchen und Steine dabei. Ich meisterte meine Aufgabe zu ihrer Zufriedenheit und erntete viel Lob dabei.

Aus der zufälligen Begegnung mit der humorvollen Seniorin wurde eine richtig spannende Unterrichtsstunde in Sachen „Unsere fünf wichtigsten Sinne". Ich hatte diese bisher ganz selbstverständlich eingesetzt, ohne darüber nachzudenken, welch großer Verlust es wäre, wenn mir auch nur eine dieser kostbaren und unersetzbaren Gottesgaben verloren ginge.

Wir verabschiedeten uns mit dem Versprechen, uns auf dieser Holzbank bald einmal wieder zu treffen, um die wärmende Sonne auf unsere kühle, noch etwas blasse Haut scheinen zu lassen.

Abends im Bett musste ich noch lange an die nette Begegnung und das gute Gespräch mit der naturverbundenen, liebenswerten, alten Frau denken. In einem langen Gebet dankte ich meinem Schöpfer für das wunderbare Geschenk, täglich alle meine fünf Sinne bei bester Gesundheit gebrauchen zu dürfen.

Sinneserlebnisse in der Kindheit

Meine Kinderzeit war ein Fest der Sinne! Was waren das für glückselige Stunden, in denen wir Landkinder im Sommer, in den fünfziger Jahren, barfuß durch die feuchten Wiesen liefen und hinterher unsere grüngefärbten Füße betrachteten. Ein warmer Sommerregen war damals ein Hochgenuss für unsere Sinne. Im Badeanzug hüpften wir in jede noch so große Regenpfütze und genossen es, den warmen Sommerregen im Gesicht und am ganzen Körper zu spüren.

Auf dem Feld bauten wir uns aus frischem, duftendem Heu ein Bett und atmeten darin den Duft von Sommer und Sonne ein. Unsere nackten Arme und Beine waren meistens gleichmäßig zerkratzt, aber wen störte das schon, bei so viel kostenlosem Kinderglück.

Eine Heimfahrt auf dem voll beladenen Garbenwagen war immer ein abenteuerliches Erlebnis. Es schaukelte mächtig, wenn der Traktor den Anhänger über die unebenen Feldwege zog. Wir Kinder spürten ein Kitzeln in der Magengegend und vertrauten darauf, dass mein Vater unser Hochbett sicher nach Hause kutschierte.

Es gab auch Tage, da lag ich mit meinen Freundinnen lange Zeit regungslos auf dem Bauch in einer bunten Wiese. Wir beobachteten Insekten aller Art, bewunderten die Leichtigkeit der Schmetterlinge und staunten, mit welcher Geschwindigkeit die Feldmäuse von Loch zu Loch schlüpften. Gerne rochen wir an den Veilchen im Moose, oder legten vorsichtig unsere Hände in einen recht belebten Ameisenhaufen.

Wir Landkinder hatten auch ein feines Gespür und merkten sehr schnell, wenn ein Gewitter aufzog. Da lag eine eigenartige, fast unheimliche Stimmung in der Luft und wir schauten, dass wir uns Zuhause in Sicherheit brachten.

An heißen Tagen stellte meine Mutter unsere große Zinkbadewanne in die Sonne und füllte sie mit Wasser. Dieses erwärmte sich schnell in der sommerlichen Hitze und nachmittags, wenn die Schule aus war und die Hausaufgaben erledigt waren, durfte ich eine Freundin zum Baden einladen. Das Vergnügen war groß und wir haben zu keiner Zeit ein Freibad vermisst. Um einen Sonnenbrand wurde damals kein Drama gemacht und auch an die unvergleichbar gemeinen Stiche der Stechmücken, die sich gerne auf unserer nackten Haut niederließen, hatten wir uns längst gewöhnt. Sie gehörten zu einem Badeerlebnis mit allen Sinnen.

Unvergesslich bleiben auch die ersten heißen Sommertage, an denen mir Mutter erlaubte, meine warme Wollstrumpfhose mit bunten, leichten Kniestrümpfen zu tauschen. War das ein herrlich luftiges Gefühl, wenn der Sommerwind über meine dünnen, nackten Beine strich und unter meinem duftigen Sommerkleid einen wahren Wirbel verursachte. Ist es nicht eine Freude, dass mir eine solche Kleinigkeit heute noch große Glückseligkeit bedeutet?

Nach der vielen körperlichen Bewegung und den unzähligen erlebten Sinneseindrücken, waren wir Landkinder abends müde und konnten ohne Probleme schnell einschlafen. Mein kleines, eigenes Zimmer oben auf der Bühne, hatte zwei einfache, nicht isolierte Dachfenster, auf die in manchen Nächten der Regen prasselte. Im Winter lag eine dicke Schneeschicht auf den Dachfenstern und verdunkelte mein kleines Reich, wodurch eine heimelige Atmosphäre entstand, in der ich mich wohl fühlen konnte. Noch heute vor dem Einschlafen erinnere ich mich an diese glückselige Zeit und ich danke Gott für diese kreative, mit allen Sinnen erlebte Kindheit auf dem Lande.

Laugenbrezeln am Gründonnerstag

Wenn ich heute in der Karwoche in eine ofenwarme, mit Butter
bestrichene Laugenbrezel beiße, denke ich oft zurück an die Osterzeit
zu Beginn der sechziger Jahre. Besonders der Gründonnerstag ist mir
in lebhafter Erinnerung geblieben. Meine Mutter fuhr an diesem Tag
mit ihrem Handwagen eine große Schüssel Mehl zum Bäcker und ich
durfte sie dabei begleiten. Dreißig Laugenbrezeln soll er ihr daraus
backen, sagte sie zu dem weiß gekleideten Mann, der geschäftig in
seiner gut beheizten Backstube hantierte.

Die mit reichlich Salz bestreuten Brezeln waren zu der Zeit noch
etwas besonderes. Es gab sie in unserer Familie nur selten, oder zu
besonderen Anlässen. Der Gründonnerstag war so ein Ausnahmetag!
Wir durften Laugenbrezeln essen, so viel wir wollten, nur trinken
durften wir nichts dazu. Auf meine kindlich neugierige Frage, warum
das so ist, erklärten die Eltern folgendes: Wir Menschen sollen den
großen Durst, den Jesus am Kreuz erlitten hat an unserem eigenen
Leibe spüren. Nachdem der Bäcker am Karfreitag sein Geschäft

geschlossen hatte, wurde das Brezelessen auf den Gründonnerstag gelegt. Ungefähr drei mal an diesem Tag wurden wir Geschwister im Wechsel in die Backstube geschickt, um immer nur einen kleinen Teil der bestellten Brezelzahl abzuholen. Mutter legte Wert darauf, dass wir sie frisch und warm verzehren konnten. Erbarmen hatte keiner mit uns durstigen Kindern, denn die Eltern hatten diesen Tag aus ihrer eigenen Kindheit nicht anders in Erinnerung.Den Karfreitag erlebte ich als Kind sehr bedrückend. Es war auffällig still in unserem Haus. Aus dem Radio erklang nur traurige Musik und die Menschen liefen in dunkler Kleidung zum Gottesdienst. Dieser Tag enthielt eine strenge Anweisung für uns Kinder. Es war uns verboten Ball zu spielen und wehe, wir wurden dabei erwischt. Die symbolische Erklärung, die uns die Eltern dafür gaben, war für uns nur schwer zu verstehen. Es hieß, wir könnten mit dem Ball Jesus am Kreuz treffen.

Am Ostersamstag begann die eigentliche Vorfreude aufs Osterfest und dem damit verbundenen Brauchtum vom Osterhasen und den bunt bemalten Eiern. In unserer Holzlagerhütte fand ich bunt bekleckertes Zeitungspapier. Hier muss der Osterhase gearbeitet haben, stellte ich freudigen Herzens fest. Ich bin froh, dass man mir diese kindliche Illusion sehr lange erhalten hat.

Der Ostersonntag war ein besonders festlicher Tag. Die Freude über die Auferstehung Christus war im ganzen Haus zu spüren. In meinen Sonntagskleidern, dazu gehörte immer eine weiße Strumpfhose, ging ich mit meinem Bruder in die Kinderkirche, während unsere Eltern den Gottesdienst der Erwachsenen besuchten.

Anschließend begann der Höhepunkt des Tages, das Ostereiersuchen. Mit einem Körbchen in der Hand begannen wir in der unübersichtlichen, staubigen, großen Scheune unseres Bauernhofes nach den begehrten, farbenfrohen Eiern zu suchen. Ein Schokolade- oder Zuckerhase war meistens mit im Osternest versteckt. Das Suchen dauerte oft sehr lange. Wenn uns die Geduld ausging halfen die Eltern mit dem Hinweis: „Hier ist es heiß!" Oder, wenn wir zu weit weg vom Versteck des Osterhasen suchten, sagten sie: „Es ist kalt hier". Mit leuchtenden Augen packten wir dann unsere Schätze vorsichtig in den Korb. Nun ging die Ostereiersuche weiter bei allen Verwandten die im Dorf wohnten. Und das waren sehr viele! In jedem Haus musste man zuerst nachfragen: „Hat d'r Has scho glegt?" (Hat der Hase schon gelegt). Wir bekamen seltsamerweise überall die selbe Antwort: „Gerade ist er zum Scheunentor hinausgeschlüpft!" Mit zunehmendem Alter machte ich mir doch Gedanken, warum ich es nicht schaffte, wenigstens einmal pünktlich zu sein, um den Osterhasen noch zu sehen. Ich glaubte sehr lange daran, dass es tatsächlich dieser Geselle ist, der die Eier legt, sie bunt bemalt und sich so viel Mühe gibt beim Verstecken. Glaubwürdig wurde dieses Geschehen ja in allen Osterbilderbüchern dargestellt. Außer Süßigkeiten und hartgekochten Eiern bekamen wir Geschwister jedes Jahr einen neuen Ball geschenkt.

Bei schönem Wetter ging es am Osternachmittag mit der Familie auf den Dickenberg um unsere gefundenen Eier zu „rugeln". Wir kullerten sie mit Schwung den Abhang hinunter, warfen sie uns einander zu oder einfach weit durch die Luft. Einige Eier hatten so eine stabile Schale, dass sie erst zerbrachen, wenn sie gegen eine unserer harten Schuhsohlen schlugen. Jedes kaputte Ei musste zuerst aufgegessen werden, bevor man sich ein neues aus dem Korb holen durfte. Ich spüre noch heute das Drücken in der Magengegend, wenn ich daran denke. Des öfteren hatte sich um den schönen gelben Dotter ein schwarzer Ring gebildet. Der entstand beim zu langen Kochen der Eier. „Du hast ein Teufele" sagte man zu demjenigen, der ein solches Ei erwischt hatte. Die leuchtend gelben Dotter nannte man dagegen Engelchen. Geschmeckt hat jede der beiden Varianten gleich gut. Bei schlechtem Wetter wurde das „Eierrugeln" ins Wohnzimmer verlegt.

Neben unserer kindlichen Freude am Osterhasen legten die Eltern und Großeltern viel Wert darauf, uns Kindern den biblischen Hintergrund des Osterfestes in Worten, Geschichten und Bildern zu erklären. Dass Jesus nach seiner Leidenszeit am Kreuz wieder auferstanden ist, das war für uns alle die größte Osterfreude.

Blechkuchen und Denksprüche

(Erinnerungen an meine Konfirmation vor 40 Jahren)
Vor einiger Zeit stand ich in meiner Küche und stellte die Zutaten bereit, die ich zum Backen eines Kuchens benötigte. Ich weiß nicht warum ich mich in diesem Moment an meine Konfirmation vor genau 40 Jahren erinnerte. Schmunzelnd betrachtete ich die Dose Ananas, das Mehl, die Eier und die Margarine und ich fühlte mich für einen kurzen Augenblick wie das damals 15 jährige Mädchen in den siebziger Jahren.

Mit gemischten Gefühlen erinnerte ich mich an den besonderen Brauch, den es zur Konfirmationszeit in unserem kleinen Waldenserort "Perouse" gab: Bereits einige Wochen vor dem Fest klingelte es immer wieder an unserer Haustüre und die Dorfbewohner brachten uns Zutaten für den kommenden, großen Backtag vorbei. Die wertvollen Gaben sammelte meine Mutter in einer Ecke im kühlen Hausflur.Bis zum Fest stapelten sich dort in großer Zahl die Margarinebecher, Obstdosen, Eierschachteln und vieles mehr

„Woher kommt dieser Brauch?", fragte ich meine Mutter damals, während wir fleißig mit den Festvorbereitungen beschäftigt waren. Sie erklärte mir, dass die Waldenser, die sich nach ihrer Flucht aus den Piemonteser Täler hier in Perouse und den umliegenden Waldensergemeinden angesiedelt hatten, sehr arme Leute waren. Ohne Mithilfe der Dorfbewohner, konnten die einzelnen Familien kein Fest ausrichten. Und so kam es, dass viele Familien aus dem Dorf jeweils eine Kleinigkeit, die sie selbst entbehren konnten, an die jeweilige Festfamilie weitergab.Auch in den umliegenden Nachbardörfern ohne Waldenserursprung war dieser Brauch zu finden.

Ich erinnere mich noch gut an die Mengen von Kuchen und Torten, die meine Mutter zusammen mit ein paar Frauen aus unserer Verwandtschaft gebacken hat. Für die Unterbringung dieses Gebäckes hatte mein Vater in unserer kalten Waschküche extra einige Regale montiert.

„Warum so viele Kuchen für eine Konfirmationsfeier?", wird sich mancher jetzt fragen. Die Antwort ist ganz einfach. In unserem Dorf wurde nicht nur für die eigene Familie und Verwandtschaft gebacken. Am Samstag vor dem Fest musste ich allen Leuten im Dorf, die wir gut kannten, einen Teller mit Kuchen vorbeibringen. Je nach Bekanntschaftsgrad waren viele oder weniger Stücke Kuchen und Torten auf dem Teller.

Als kleine Gegengabe bekam ich von jedem Haus ein kleines Geschenk zum Fest. So kam es, dass ich bei der Gründung meines eigenen Hausstandes noch original verpackte Handtücher von meiner Konfirmation mitnehmen konnte.

Bis Samstagabend war ich mit meinen Kuchentellern im Dorf unterwegs. Auch unserer ehemaligen Frau Bürgermeister musste ich von unserem Gebäck vorbeibringen. Damals hat man sich vor solchen Hoheiten noch richtig geniert.

Anfang der siebziger Jahre hatten wir nur eine verzinkte Badewanne Zuhause. Eine liebe Tante lud mich deshalb am Abend vor dem Fest zum Baden in ihre richtig komfortable Wanne ein. Dieses Schaumbad mit Orangengeschmack war die Krönung des Tages und es gehört zu den unvergesslichen Erinnerungen an meine Konfirmation.

Ich denke noch oft an den Konfirmandenunterricht, der ein Jahr vor dem Fest wöchentlich von unserem Pfarrer abgehalten wurde. Diese Stunden empfand ich als eine sehr ernste Angelegenheit, zu der auch die Sonntäglichen Pflicht-Gottesdienstbesuche gehörten. Nach dem Kirchgang wurde in einem kleinen Heftchen meine Anwesenheit mit einem Stempel bestätigt. Wir waren 15 Konfirmanden in unserem Dorf. Schmunzelnd denke ich an die gemeinsamen Lieder, die wir im Unterricht zusammen singen mussten. Die stimmbrüchigen Knabenstimmen, vermischt mit unseren hellen, klaren Mädchenstimmen - das war absolut kein Hörgenuß.

Zur Tradition gehörte es auch, dass die Konfirmanden gemeinsam eine Girlande aus Tannenzweigen banden, die den Eingang der Kirchentüre schmückte. Sie war verziert mit weißen Papierblumen, die wir aus Tempo - Taschentüchern oder weißen Servietten gebastelt haben. Den Eingang der Kirche schmückten außerdem noch zwei kleine weiße Birken. Es war ein wirklich festlicher Anblick an den ich heute noch gerne denke.

In den letzten Stunden des Konfirmandenunterrichtes bekamen wir unsere Sprüche zugeteilt, die wir im Festgottesdienst vor versammelter Gemeinde, möglichst fehlerfrei und ohne Stocken aufsagen mussten. Je weniger Konfirmanden zu einer Gemeinde gehörten, desto mehr Sprüche musste der einzelne Konfirmand in der Kirche aufsagen. Die Texte waren oft sehr lang und schwer auswendig zu lernen. Ich bekam im Unterricht fünf Sprüche zugeteilt, dazu kamen noch Texte die wir in der Gruppe gemeinsam aufsagen mussten. Auch diese musste man gut auswendig lernen. Viele Stunden lief ich dazu im kalten Hausflur auf und ab, bis ich alle meine Sprüche im Schlaf aufsagen konnte. Bloß nicht stecken bleiben, beim großen Auftritt der Kirche, das war zu dieser Zeit das allerwichtigste. Ich höre noch heute die Worte meiner Mutter die mir Angst und Bange machten: „Kind, wenn du mich in der Kirche blamierst, kannst du gleich den Rutesheimer Wald hochgehen!" Was so viel hieß wie: "Dann brauchst du gar nicht mehr nach Hause kommen."

Wahrscheinlich hätte meine Mutter ihre Androhung am Ende doch nicht wahr gemacht, aber ich hatte tiefsten Respekt vor Mutters Aussage.

Die Freude an meiner Konfirmation begann erst mit dem Verlassen der Kirche. Nun konnte ich aufatmen, weil ich meine Sache recht gemacht hatte. Das Festessen im Sängerheim hatte ich mir redlich verdienen müssen. Trotz aller Aufregung und Angst, war es ein schöner, unvergesslicher Tag.

Inzwischen sind 40 Jahre vergangen und ich nehme immer wieder gerne den Photoalbum in die Hand und schlage die Seite mit den Konfirmationsbildern auf.Wenn ich unser Gruppenbild betrachte, dann muss ich herzlich lachen. Die Kleidermode in den siebziger Jahren passte so gar nicht zu der Ernsthaftigkeit und Strenge, mit der dieses Fest damals durchgeführt wurde. Wir Mädchen trugen Miniröcke und Kleider, wie es kürzer kaum noch ging. Und nicht alle hatten die passende Figur dazu, was die Leute weniger störte als ein nicht fehlerfrei gesprochener Text. Nach der Konfirmation musste man noch ein bis zwei Jahre lang in die Christenlehre gehen, welche zur Verfestigung des Gelernten beitrug und die Gemeinschaft untereinander förderte. Beim ersten gemeinsamen Abendmahl fühlten wir uns schon recht erwachsen und der Gemeinde zugehörig. Den Abschluss dieser Zeit bildete der Konfirmandenausflug bei dem wir jungen Leute unseren immer ernst wirkenden Pfarrer auch einmal vergnügt und locker erleben durften.

Ein nettes Ereignis fällt mir am Ende meiner Erzählung noch ein. Kurze Zeit nach meiner Konfirmation lud mich meine "Dote" (Patentante) noch zu einem festlichen Mittagessen zu sich nach Hause ein. Sie hatte für ihr frisch konfirmiertes Patenkind extra "Schwalbennester" (Rindsrouladen, in welche hart gekochte Eier gewickelt sind) und schwäbische Spätzle gekocht.

Das war nochmals ein richtiger Festtag für mich. Meine Dote hat ihr Amt immer sehr ernst genommen, heute ist sie 80 Jahre alt und erinnert sich noch gerne an die Zeit meiner Konfirmation.

Mein Denkspruch vom 15. März 1970 hieß:
"Ich will dem Durstigen geben von der Quelle des lebendigen Wassers umsonst".
Offenbarung 21,6

Gäste auf Zeit

Vor ungefähr sechs Wochen bekamen mein Mann und ich ganz plötzlich und unerwartet Besuch, der sich vorher nicht angemeldet hatte. Unsere Gäste machten uns wenig Mühe und Arbeit, deshalb waren wir auch erstaunt und etwas enttäuscht, als sie vorgestern ohne ein Wort des Dankes und ohne sich von uns zu verabschieden, wieder verschwanden. Wir vermissen sie sehr, denn sie haben uns oft zum Staunen und Lachen gebracht. Außerdem konnten wir ordentlich etwas von ihnen lernen, was Treue, Geduld, Zuverlässigkeit, partnerschaftliches Verhalten und Elternglück betrifft.

Bevor es sich unsere Gäste so richtig gemütlich bei uns einrichteten und sesshaft wurden, entstand noch einiges an Schmutz auf unserem Balkon, den ich mehrmals am Tag wegkehren musste. Emil, unseren männlichen Gast störte das wenig. (Ich gab ihm diesen Namen, weil er sich uns nicht vorgestellt hatte.) Eine ganze Woche lang schleppte er sämtliche Baumaterialien an, die zum Einrichten eines gemütlichen Heimes und einer kuscheligen Kinderstube von Nöten waren. Gras, Blätter, Geäst, Moos und vieles mehr trug er in unzähligen Ausflügen in seinem Schnabel herbei, um es direkt über unserer Balkontüre im Gebälk, zu einem statisch beeindruckenden Nest zu verbauen.

Emil, unser Amselmann, hat sich den Luxus eines überdachten Balkons ausgesucht, so dass seine spätere Familie bei Wind und Wetter ein Dach über dem Kopf hatte. Es war ganz schön mutig von ihm, diesen Aufwand ohne unser Einverständnis zu treiben. War er sich so sicher, dass wir ihn und seine Familie willkommen heißen würden? Vielleicht hat er gewusst oder beobachtet, dass er sich bei einem tierlieben Hausherrn einmietet, der die Stubenfliegen und andere Insekten mit Hilfe einer Postkarte und einem leeren Trinkglas lebend in die Freiheit entlässt.

Als Emil mit dem Nestbau fertig war, bekamen wir auch Frieda, seine Partnerin zu sehen, die sich nun gut zwei Wochen lang um den zweiten Teil der Familiengründung kümmerte. Nach ihrer Ei Ablage im gemachten Nest, saß die Amseldame mit einer bewundernswerten Eselsgeduld Tag und Nacht in ihrem Nest und wärmte ihre Brut mit einer selbstlosen Hingabe. Emil schleppte in seinem Schnabel pfundweise Würmer und andere Insekten herbei, um sie seiner pflichtgetreuen Partnerin zu verfüttern. Von irgendetwas musste die werdende Mama ja leben. Offen blieb bei mir und meinem Mann noch die Frage, ob Frieda von Emil auch einmal beim Brüten abgelöst wurde, damit sie sich ihre Nahrung selber beschaffen konnte. Das müsste dann in unserer Abwesenheit geschehen sein, denn so oft wir die Balkontüre öffneten und zum Nest hochschauten, konnten wir Frieda in die Augen sehen und sie wirkte recht entspannt bei unserem Anblick. Nicht mal unser vierjähriger Enkel, der mit seinem Kindertraktor auf unserem Balkon seine Runden drehte, konnte das Amselpärchen von seiner Arbeit abhalten. Diesem hat sicher der Lärm und das Kindergeschrei nicht gefallen, aber so ist es eben, wenn man in Miete wohnt und das auch noch ganz umsonst.

Nachdem die Amselkinderchen geschlüpft waren und schon ein paar wärmende Federn hatten, konnte auch Frieda tagsüber das Nest verlassen, um Emil beim Herbeischaffen der Babynahrung zu helfen. Fleißig und nie müde werdend pickten die Beiden auf unserem Rasen die Würmer aus der Erde, um sie ihren vier Kindern oben im warmen Nest zu verfüttern. Dabei fiel mir auf, welch ein großes Gottvertrauen dieses Amselpärchen hatte. Ohne vorher zu wissen, woher die Nahrung kommen wird, die sie benötigen um sich selber und ihren Nachwuchs satt zu bekommen, bauten sie in vollstem Vertrauen, dass für sie gesorgt wird, ihr kunstvolles Nest im Gebälk. Daran konnte ich mir ein Beispiel nehmen und ich war etwas beschämt, dass mir dieses bedingungslose Vertrauen in vielen Situationen einfach fehlt. Dabei bräuchte ich doch nur einen Blick in die Bibel werfen und lesen, was in Matthäus 6 Vers 26 steht:

Sehet die Vögel unter dem Himmel an: Sie säen nicht, sie ernten nicht, sie sammeln nicht in die Scheunen; und euer himmlischer Vater nährt sie doch.

Was für eine schöne Aussage, die ich mir in Zukunft zu Herzen nehmen möchte.

Ungefähr zwei Wochen lang saßen die Amselkinder in ihrem Nest und man konnte von unten deutlich erkennen, dass sie mächtig an Größe zunahmen, so dass der Platz im Nest bald nicht mehr ausreichen würde. Frida war jeden Abend pünktlich zur Stelle, wärmte die Kleinen über Nacht und traf sich am Tag wieder mit Emil zur Futtersuche. Unser auf Ende April geplanter Urlaub rückte immer

näher. Ich konnte doch nicht einfach abreisen, ohne vorher noch miterleben zu dürfen, wie das Amselfamilienglück ausging. Ich wollte doch zusehen, wie die Kleinen ihre ersten Flugversuche machten. Zwei Tage vor dem Urlaub fing ich ganz unruhig an, meine Koffer zu packen. Beim Frühstück war die Nestsituation noch unverändert. Am Nachmittag kam unsere liebe Nachbarin, die sich bereit erklärt hatte, meine Blumen während meiner Abwesenheit zu gießen. Ich wollte ihr das Amselnest zeigen und sie um Beobachtung desselben bitten. Aber dazu kam es nicht mehr, das Nest war leer! Wo waren die vier Mollenköpfchen, die mich noch vor wenigen Stunden beglückten? Weg, sie waren einfach weg! Frieda und Emil sah ich noch wie gewohnt die Würmer aus unserem Rasen picken, aber ihren Nachwuchs sah ich nicht mehr. Vogelkinder werden nach Verlassen des Nestes noch ungefähr zwei Wochen von ihren Eltern unterwegs mit Futter versorgt. Die Amseleltern stießen seltsame Lockrufe aus, um ihren Kleinen Orientierung zu geben und die Amselkinder haben darauf geantwortet. Wie sonst hätten sie von Frieda und Emil gefunden werden können. Nun konnten mein Mann und ich getrost in Urlaub fahren. Unser Vater im Himmel hatte für unsere gefiederten Freunde gesorgt und nun konnte ich nur noch beten, dass keine unserer Nachbarkatzen ein noch flugunsicheres Amselkind in die Krallen bekommt. Ein bisschen enttäuscht bin ich schon vom etwas unhöflichen Benehmen der Vogelfamilie. Ein kleines Dankeschön hätte mir gut getan, egal in welcher Art und Weise. Schließlich sind sechs Wochen mietfreies Wohnen keine Selbstverständlichkeit. Mal sehen, ob ich das Pärchen beim nächsten Brüten darauf hinweise.

PS: Nun muss ich meiner Geschichte doch noch etwas anfügen: Als wir nach 10 Tagen vom Urlaub zurückkamen ging mein Blick ganz automatisch hoch ins Gebälk zum vermeintlich verlassenen Amselnest. Ich traute meinen Augen nicht und konnte kaum glauben, was ich da sah: Oben im Nest saß Frieda und hat das zweite Mal mit Brüten begonnen. Mein Mann und ich waren uns sicher, dass es wieder dasselbe Amselpaar ist, das nun ganz praktisch im gemachten Nest und in gewohnter Umgebung seine Kinder aufzieht. Anscheinend hat es ihnen bei uns recht gut gefallen.

Nun heißt es für uns, weitere sechs Wochen Rücksicht zu nehmen beim Nützen unseres Balkons. Trotzdem sind wir uns einig, dass wir Frieda und Emil nochmals herzlich willkommen heißen.

Nur ein Ehrenamt?

Ein fröhliches Lachen ist im Gesicht der hübschen, jungen Frau mit den blonden Haaren zu sehen, wenn wir miteinander plaudernd, durch den Wald schlendern um eine Vielzahl an Naturmaterialien aufzusammeln, aus denen wir später, gemeinsam etwas basteln wollen.
Jede Woche freue ich mich auf diese kostbaren Stunden, die ich mit der vielseitig interessierten, behinderten, jungen Frau verbringen darf.

„Wann kommst du wieder?" fragt sie mich jedes mal, wenn ich nach Hause gehe. Und eine ehrliche Freude, die aus dem Herzen dieser liebenswerten Person kommt, springt auf mich über und lässt mich eine große Dankbarkeit spüren. Ich bin dankbar dafür, dass ich die Gaben, die mir von meinem Schöpfer zugeteilt wurden, in so reichlichem Maße einsetzen und weitergeben darf. Ja, sie macht mir viel Freude, meine Arbeit bei der Nachbarschaftshilfe in welcher ich es vorwiegend mit hilfsbedürftigen, älteren oder behinderten Menschen zu tun habe. Mit ihnen hat es das Leben nicht so gut gemeint, sie sind auf Hilfe und Betreuung angewiesen, die ihnen ihre eigene Familie aus Zeit- oder Berufsgründen nicht ausschließlich alleine zukommen lassen kann.
Meine Tätigkeit ist ein "Ehrenamt". Finanziell reich werde ich dadurch nicht. Aber das war auch nicht mein Anliegen, als ich diese Aufgabe vor ein paar Jahren von Herzen gerne angenommen habe. Über die kleine "Aufwandsentschädigung", welch ein unschönes Wort für den Lohn dieser Arbeit, freue ich mich natürlich trotzdem. Und reich bin ich inzwischen auch geworden! Reich an wunderbaren, unvergesslichen Erfahrungen, die ich mit den mir anvertrauten Menschen gemacht habe. Immer, wenn es mir mit Liebe und Hingabe gelungen ist, unsere gemeinsamen Stunden interessant und inhaltlich wertvoll zu gestalten, dann sehe ich in den leuchtenden Augen meiner Schützlinge, dass sich alle Zeit und Mühe gelohnt hat und ich selbst am meisten beschenkt wurde.
Leider hat meine Tätigkeit auch eine Schattenseite. Ich treffe immer

wieder auf Menschen, die keinerlei Wertschätzung für meine "Nächstenliebe" aufbringen können und mir das auch deutlich sagen.

„Und was machst du sonst noch?", werde ich oft gefragt. „Im Supermarkt suchen sie jemand, der auf 400 Euro Basis die Regale einräumt, wäre das nichts für dich? Du hättest einen festen Vertrag und ein besseres Einkommen als jetzt. Und überhaupt, willst du nicht lieber etwas richtiges tun?" Oft kommt sogar noch die Aussage: „Wer kann sich das heute noch leisten, alte Leute im Rollstuhl durch die Gegend zu fahren! Das bringt doch nichts, hast du nichts sinnvolleres in deinem Leben vorzuweisen?"

An dieser Stelle möchte ich hinzu fügen, dass ich inzwischen 56 Jahre alt bin, drei Kinder und einen Hund großgezogen habe, sowie viele Jahre als Erzieherin in einem Kindergarten gearbeitet habe. Das erzähle ich jetzt nicht, um mich für meine heutige Tätigkeit zu rechtfertigen, aber ich musste traurig feststellen, dass der Erziehungs- und Berufsabschnitt in meinem Leben, von meinem Umfeld freudig aufgenommen und anerkannt wurde, dagegen zählt die "Herzenssache" die ich jetzt ausübe nur ganz wenig oder manchmal auch gar nicht.

Zugegeben, es gibt immer wieder Momente, da lasse ich mich kurzfristig von der Aussage einiger Menschen verunsichern. Zum Glück hält das nicht lange an und ich merke schnell, dass ich mit meiner schönen Aufgabe auf dem richtigen Weg bin. Vor ein paar Tagen erhielt ich gerade zum richtigen Zeitpunkt einen Anruf von einer lieben Freundin, deren Offenheit und Ehrlichkeit ich sehr schätze. Ihre Worte am Telefon waren auch der Auslöser für meine heute geschriebene Geschichte.

Gerda (Name geändert) erklärte mir den Wert meiner Arbeit wieder einmal sehr deutlich.

„Gudrun glaubst du, auch nur einer dieser ablehnenden Menschen würde sich zutrauen, mit einem behinderten Menschen, auf dem Weg zum Arzt, durch eine belebte Stadt zu laufen? Immer mit der Angst, ein plötzlicher Anfall könnte die Situation bedrohlich und unberechenbar machen! Wie einfach ist es doch dagegen, Regale im Supermarkt einzuräumen. Dazu ist kein menschliches Einfühlen nötig, das kann jedes Kind, wenn man es ihm vorher erklärt. Und passieren kann dabei auch nichts", meinte Gerda noch mit Nachdruck. Ja, sie hat Recht. Ich selbst kenne genügend Leute, deren Tätigkeit stumpfsinnig und eintönig ist und weder Herz noch Gefühl angesprochen wird. Eigentlich wusste ich das alles schon, was mir Gerda in freundschaftlichen Worten gesagt hat, doch ihre Bestätigung tat mir sehr gut. Deshalb werde ich auch weiterhin einen breiten Rollstuhl durch die engen Gassen eines Supermarktes schieben. Und ich werde aus mühsam gesprochenen, einzelnen Worten, einen Zusammenhang verstehen. Denn es ist unbezahlbar, die Freude eines behinderten Menschen miterleben zu dürfen, wenn er sich verstanden fühlt. Darum bedarf es so wenig, ein bisschen Glück und Sonnenschein in das Leben eines solchen Menschen zu bringen, oft reicht schon ein Spaziergang durch den Wald und das Einsammeln von Naturmaterialien.

Denn die Bibel sagt uns in Matthäus 25 Vers 40
Wahrlich, ich sage euch: Was ihr getan habt einem von diesen, meinen geringsten Brüdern, das habt ihr mir getan.

Engel auf Erden

Es gibt sie wirklich, diese wundersamen Engel ohne Flügel, die fest auf beiden Beinen stehend über die Erde gehen. Mit Rat und Tat treten sie immer gerade dort in Erscheinung, wo sie am nötigsten gebraucht und im Stillen herbeigesehnt werden. Diese „Engel auf Erden", die in menschlicher Gestalt auftreten, haben einen ganz besonderen Auftrag. Sie wurden von Gott, unserem Schöpfer zu uns Menschen geschickt, weil er selbst nicht immer und überall gleichzeitig sein kann. Gott hat diese besonderen Engel sehr sorgsam auserwählt und er traut ihnen zu, dass sie in seinem Sinne mit viel Einfühlsamkeit und Behutsamkeit handeln und helfen.

Nach meiner Schulteroperation war ich für einige Wochen arbeitsunfähig und benötigte selbst beim Ankleiden die Hilfe meines Mannes. Zu der Zeit lernte ich sie kennen, diese wunderbaren, hilfreichen Wesen, denen nichts zuviel war. Selbstlos und mit viel Ehrgeiz und persönlichem Einsatz, übernahmen sie wichtige Aufgaben und schenkten mir viel von ihrer Zeit so als ob es nichts selbstverständlicheres gäbe auf dieser Welt.

Da waren die guten Nachbarn, die neben ihrem eigenen Garten, noch meine reifen Johannisbeeren pflückten und sie sogar gefrierfertig in kleine Beutel verpackten. Da bot mir ein junges Mädchen aus der Nachbarschaft freiwillig seine Hilfe beim Putzen der Wohnung an. Sie war erst vor Kurzem mit ihrer Familie in unsere Nähe gezogen und kannte mich noch kaum. Immer wieder wurde ich mit neuen, ideenreichen Hilfeleistungen eines guten Engels überrascht. Jemand läutete an meiner Haustüre und ein warmer, duftender Kuchen wurde mit einem ganz lieben Genesungsgruß an mich abgegeben. An einem anderen Tag, brachte eine liebe Freundin spontan ein fertig gekochtes Mittagessen vorbei, das ich nur noch kurz aufwärmen musste. Sehr dankbar nahm ich alles Liebe und Gute entgegen, das mir in so reichem Maße zugeteilt wurde. Oft war es nur ein Anruf mit der Frage: „Wie geht es Dir?"der mich für einen ganzen Tag lang glücklich stimmte. Auch ein netter Kartengruß, den ich im Briefkasten fand, half über so manche Stimmungsschwankung hinweg und bedeutete mir sehr viel.

Ich begegnete auch so manchem Engel des Lobes und der Mitfreude. Er stimmte mich heiter und fröhlich mit der Aussage: „Toll, wie du Deinen Arm schon bewegen kannst, mach weiter so." Diese aufbauenden Worte haben viel Gutes bei mir erreicht. Ich habe die Erfahrung gemacht, dass gleich mehrere Engel auf verschiedene Art und Weise in Erscheinung traten, wenn sie eine Notsituation erblickten und hilfreich einspringen wollten. Hatte einer dieser Himmelsboten seinen Auftrag beendet, erschien schon der Nächste und stand mir in einer schwierigen Lebenssituation bei. Es reicht mir schon, eine gute Seele im Hintergrund zu wissen, einen Ort zu kennen, an dem ich Tag und Nacht willkommen bin oder anrufen darf. „Ich bete jeden Tag für dich" hat mir einmal ein menschlicher Engel in einer schwierigen Situation gesagt. Das waren für mich tiefgreifende Worte in unserer oft so kalt erscheinenden Welt. Wahre Engel auf Erden sind sich für nichts zu schade wenn es darum geht, Nächstenliebe in Form von guten Taten und aufmunternden Worten zu verteilen. Ich konnte diese selbstlosen, fleißigen Wesen in unserem Dorf schon oft beobachten, als sie dabei waren, ihre kostbaren „Zeitgeschenke" zu verteilen:

Sie fuhren das alte, gebrechliche Ehepaar aus der Nachbarschaft zum Arzt, jäteten Unkraut im Garten der jungen Mutter mit den neugeborenen Zwillingen und bepflanzten auf dem Friedhof das Grab einer alten Frau, die sich selbst nicht mehr bücken konnte. Ich kenne Engel, die für traurige Menschen Bibelverse und Psalmen aufschreiben und an einsame Mitbürger Einladungen zum Kaffee verschicken oder einen selbstgebackenen Hefezopf ins Nachbarhaus tragen. Ihre Ideen sind grenzenlos und einfallsreich. So wie auch ihre selbstlose Liebe zu Ihrem Nächsten unerschöpflich scheint.

Auch in mir steckt der Wunsch, selber ab und zu ein Engel auf Erden zu sein! Mir Zeit zu nehmen, um da zu helfen, wo menschliche Zuwendung oder praktische Hilfe nötig wird. Jede noch so kleine, von Herzen kommende Bereitschaft, jemand in der Not zur Seite zu stehen, ist eine „Engelstat" und an kein bestimmtes Alter gebunden. Die Freude die wir dabei verschenken und mit anderen Menschen teilen, kehrt in unser eigenes Herz zurück und wir hinterlassen wertvolle Spuren im Leben unserer hilfsbedürftigen Nachbarn, Freunde oder Mitbürger. Mit Freude erleben wir ihre Dankbarkeit, erwarten sie aber nicht.

Engel auf Erden sind nach meiner Erfahrung, zufriedene, in sich ruhende Menschen mit einer ganz besonderen Ausstrahlung und Wärme die einfach gut tut. Ich glaube, sie werden eines Tages einen ganz besonderer Platz im Himmel bekommen. Dort dürfen sie sich ausruhen in der Gewissheit, ihren irdischen Auftrag mit größter Zufriedenheit ausgeführt zu haben.

In der Hoffnung, dass sie nicht aussterben werden, wünsche ich Ihnen liebe Leserinnen und Leser, viele wertvolle Begegnungen mit den freundlichen, zweibeinigen und unentbehrlichen Engelswesen in Ihrer Nähe und auf unserer schönen Erde.

Mein Freund der Baum

Eigentlich war es ein Tag wie jeder andere, im Herbst vergangenen Jahres. Doch schon am frühen Morgen riss mich das dröhnende Geräusch mehrerer Motorsägen aus dem Schlaf. Sofort spürte ich ein Gefühl von Abschied und Trauer in meinem Herzen. Ich zog vorsichtig die Gardine zur Seite und mein Blick fiel auf die Männer, die in dunkelgrüner Schutzkleidung und Helm ihr zerstörerisches Werk begannen. Unser Nachbar hatte uns bereits darauf vorbereitet, dass heute die große Baumfällaktion in seinem Garten stattfinden würde. Ein heimeliger, kleiner Wald, der Lebensraum für viele Tiere bot, wuchs bis zu diesem Tag auf dem Grundstück unseres Nachbarn. In vielen Jahrzehnten ist aus den kleinen, von ihm selbst gepflanzten Bäumen, dieser stattliche Wald herangewachsen. Nachdem ich mit meiner Familie nun schon 20 Jahre lang im Nebenhaus wohnte, hatte ich mich so sehr an den Anblick und den Schatten dieser neun hochgewachsenen Bäume gewöhnt. Auch unserem Nachbarn gefiel sein Wäldchen. Doch in stürmischen Zeiten, die es in den letzten Jahren öfters gab, bekam er es immer mehr mit der Angst zu tun. Mit der Baumfällung wollte er sicher gehen, dass ein weiterer Sturm keinen unerwartet großen Schaden an den umliegenden Häusern anrichten würde.

Heute war es nun soweit! Zwei stattliche Blautannen und sieben hoch gewachsene Fichten sollten in wenigen Stunden ihren heimatlichen Standort verlassen und eine große Lücke wird zurückbleiben. Mein Mann vermutete, dass die Bäume ein Alter von mindestens 50 Jahre hatten und viele Geschichten erzählen könnten. Unser, im Jahre 1988 erbautes, mit Holz verkleidetes Haus, wirkte wie ein Forsthaus neben Nachbars kleinem Tannenwald. Meine drei Kinder sind im Schatten dieser prächtigen Tannen und Fichten aufgewachsen. Auch sie erreichten in der Zwischenzeit eine beachtliche Größe.
Die Bäume in Nachbars Garten, boten zu jeder Jahreszeit einen wertvollen Lebensraum für viele Vögel, die uns den ganzen Sommer lang mit ihrem melodienreichen Gesang erfreuten. Für unzählige

Insekten und andere Kleinlebewesen bot der kleine Wald Unterschlupf und Sicherheit vor den natürlichen Feinden, die überall lauerten. Posierliche Eichhörnchen huschten an den Baumstämmen hoch, spielten untereinander Fange, oder verzehrten genüßlich die Nüße, die ich ihnen ab und zu bereitlegte. Im Winter verlieh der Schnee den Bäumen ein märchenhaftes Aussehen. Vogelhäuschen und Meisenknödel zierten deren Äste und machten es den

gefiederten Freunden leichter, über die kalte Jahreszeit zu kommen. Nachbars Garten war bis zu diesem Zeitpunkt ein Paradies für Menschen und Tiere gewesen
"Soll diese Idylle nun in wenigen Stunden für immer zu Ende sein?", dachte ich traurig hinter meiner Fensterscheibe. Noch ahnten die unschuldigen Bäume nicht, was gleich mit ihnen geschehen würde! Die eben noch fröhlich zwitschernden Vögel hatten sich, vom Lärm der Motorsägen aufgeschreckt, rechtzeitig in den nahegelegenen Wald zurückgezogen. Viele Insekten hatten keine Chance mehr, sich in Sicherheit zu bringen. Alles ging so schnell.
!

Was mühsam in vielen Jahren herangewachsen war, wurde von Menschenhand unbedacht in kurzer Zeit für immer zerstört. Ich stand noch immer fassungslos hinter meiner Gardine und Tränen benetzten mein Gesicht. Es tat so weh, mitansehen zu müssen, wie die beauftragten Landschaftsgärtner mit ihrem eisernen Klettergeschirr an den Bäumen hochstiegen. Von oben nach unten, trugen sie die schweren Äste jedes einzelnen Baumes ab. Ob diese wohl wie ich Schmerzen empfanden, als sie lieblos und hart auf dem Boden aufschlugen? Haben Bäume nicht auch Gefühle wie wir Menschen? Wehrlos sind sie unseren Taten ausgeliefert, können weder jammern noch klagen.

Ohne ihre Äste standen die Bäume nackt und schutzlos da. Es war ein trostloser Anblick. Er erinnerte mich an das aussagekräftige Lied von Alexandra: "Mein Freund der Baum ist tod, er fiel im frühen Morgenrot." Erbarmungslos sägten die Gärtner nun auch die Stämme von oben nach unten ab. In Stücken von je einem halben Meter Länge, fielen sie mit lautem Krach zu Boden und wurden entlang unseres Gartenweges aufgestapelt. Neun Baumstümpfe zeugten von der soeben geschehenen Tat. Unser Nachbar hat uns das Holz geschenkt, zum Beheizen unseres Kachelofens. Es ist hell und licht geworden um unser Haus. Nicht nur wir Menschen werden im Sommer den Schatten der Bäume vermissen. Auch den Tieren wird ihr gewohnter Lebensraum fehlen. An kalten Wintertagen wird uns die wohlige Kachelofenwärme an die Zeit erinnern, als der kleine Wald im Nachbargarten noch das Landschaftsbild prägte und uns Menschen sowie die Tiere mit seinem Dasein erfreute.

Gute Reise junger Baum

Oft stehe ich an meinem Fenster und schaue hinaus in meinen Garten, dem ich das ganze Jahr über sehr viel Zeit und Liebe schenke. Mein ganzer Stolz ist eine 38 jährige, weiß blühende Rosskastanie, mit der ich ein ganzes Päckchen wunderbarer Erinnerungen verbinde. Als jung verheiratetes Paar zogen mein Mann und ich im Jahr 1982 vom Schwabenland aus für 7 Jahre ins kleine Dorf Ratzenried, bei Wangen im schönen Allgäu. Der Grund war eine berufliche Veränderung meines Mannes. Wir fühlten uns dort sehr wohl und unser Glück war perfekt, als ein Jahr später unser kleiner Sohn geboren wurde. In unserer Freizeit erkundeten wir zu Fuß und später mit dem Fahrrad unsere neue Heimat. Es gab soviel schönes zu entdecken und außer unseren Eltern vermissten wir nichts in dieser schönen Gegend. Als unser Sohn 2 Jahre alt war und im Fahrrad Kindersitz seinen Platz bekam, waren wir mit der Landkarte im Gepäck wieder unterwegs. Wir kamen an Wiesen, Wäldern und Kuhweiden vorbei und schauten uns auch ein paar Aussiedlerhöfe an, auf denen fleißig gearbeitet wurde. Plötzlich entdeckte mein Mann auf der Straße einen Gullideckel, aus dem etwas zartes, grünes herauswuchs. Wir hielten an und erst bei genauem hinsehen entpuppte sich das Pflänzchen als kleiner Kastanienbaum. Schnell war uns klar, dass das winzige Bäumchen sich keinen guten Standort ausgesucht hatte, um ein stattlicher, großer Baum zu werden. Ganz vorsichtig, um die zarten Wurzeln nicht zu beschädigen, zogen wir unseren Findling aus dem dunklen, schmutzigen Gulli. Als wir ihn behutsam in der Fahrradtasche verstaut hatten, traten wir kräftig in die Pedale um bald nach Hause zu kommen. Dort fragten wir uns: „Jetzt wohin mit dem guten Stück??" Wir wohnten in einer Mietwohnung und durften unser Kastanienkind nicht einfach in einen fremden Garten pflanzen. Wohl wissend, wie groß dieses eines Tages sein wird! Aber die Lösung unseres Problems war bald gefunden. Im Keller fanden wir einen Blumentopf, der vorerst die richtige Größe hatte, um unserer Kastanie und ihren zarten Wurzeln ausreichend Platz zu bieten. Prima hatten wir das gemacht und unser Findling bedankte sich bei uns mit kräftigem, gesundem Wachstum das nicht zu übersehen war.

Doch bald kam der Winter und dieser kann im Allgäu recht kalt und schneereich werden. Wohin nun mit unserem noch so zarten Schützling? Im Haus wäre es ihm zu warm und im Keller zu dunkel stellten wir fest. Im Gulli hätte er die Winter- monate auch überstehen müssen dachten wir.

Fürsorglich stellten wir unser Kastanienkind im Topf nahe an die Hauswand, wo es vor Wind und Wetter gut geschützt war. Vor- sorglich umwickelten wir den Topf noch mit Styropor und waren guter Dinge, dass auch im kommenden Frühjahr noch Leben in unserem kleinen Baum ist. Wir hatten Glück und wir freuten uns mächtig, als wir im Frühjahr die neuen, klebrigen Knospen sahen, mit denen unsere Kastanie in ein neues Gartenjahr startete. So ging das nun Jahr für Jahr, unser kleiner Baum passte sich wunderbar den jeweiligen Jahreszeiten an und wir benötigten jedes Jahr einen größeren Topf um ihn seiner nun schon stattlichen Größe anzupassen.

Nach sieben wunderschönen Jahren im Allgäu, in denen es für meinen Mann leider immer weniger Arbeit gab, mussten wir schweren Herzens wieder Abschied nehmen von dieser so lieb gewonnenen, schönen Gegend und den guten Freunden, die wir im Dorf kennen gelernt hatten. Unser Sohn stand kurz vor der Einschulung und seine kleine Schwester war knapp 3 Jahre alt und kann sich im Gegensatz zu unserem Sohn, nicht mehr groß an die Zeit in Oberschwaben erinnern.

Noch in der Zeit im Allgäu, begannen wir im Schwabenland, im Waldenserort „Perouse", wo ich aufgewachsen bin, ein Haus für uns zu bauen. Aus einem ehemaligen Ackergrundstück meiner Eltern wurde ein Bauplatz, den uns meine fürsorglichen Eltern zur Verfügung gestellt hatten.

Wohl auch aus der Freude heraus, ihre Enkelkinder, die sie seither schmerzlich vermisst haben, in Zukunft in ihrer Nähe haben zu dürfen.

Im Jahre 1989 stand unser großer Umzug bevor. Für ihre erste große Reise haben wir unsere junge Kastanie sorgfältig in einem Karton im Möbelwagen verstaut.

Nachdem wir unser neues Haus bezogen hatten, bekam unser Bäumchen vorerst einen Platz auf unserem geschützten Balkon. Unser großer Garten wurde erst ein wenig später angelegt. In diesem bekam dann unsere inzwischen einen Meter hohe Kastanie ihren endgültigen Platz und konnte sich nach Lust und Laune zu einem richtig prächtigen, großen Baum entwickeln. Die lange Reise vom Allgäu ins Schwabenland hatte sie gut überstanden.

In der Zwischenzeit schenkt uns ihr mächtiges, dichtes Blätterdach im Sommer viel natürlichen Schatten und auch bei Regen kann man sich darunter aufhalten ohne nass zu werden. Ihre süßlich riechenden Blüten, auch Rispen oder Kerzen genannt, erfreuen im Frühjahr unzählige Insekten und die fleißigen Bienen finden hier reichlich Nektar für ihren Honig. Im Herbst staunen wir immer wieder über die goldgelbe Färbung ihrer großen Blätter. Dann ist unsere Kastanie ein wunderschöner Anblick und ein Hingucker für uns, unsere Nachbarn und alle Leute, die beim Spaziergang an ihr vorbei kommen.

Die Kindergartenkinder in unserem Dorf freuen sich jedes Jahr auf das Aufsammeln der unzähligen, glänzenden Früchte unseres Baumes. Daraus ist ein richtig schönes und verlässliches Ritual geworden. Für uns, die wir die Kastanien nicht entsorgen müssen und für die Erzieherinnen, die nun schönes Naturmaterial zum Basteln haben, ist das so zu sagen eine win win Situation. Der Bollerwagen, den die Erzieherinnen mitbringen, ist jedes Jahr randvoll mit den braunen Früchten, wenn die Kindergruppe fröhlich wieder nach Hause zieht.

Unerwartet bekam unsere Allgäuer Rosskastanie ein paar Jahre, nachdem wir sie bei uns eingepflanzt hatten, noch eine Freundin dazu.

Eines Tages entdeckten wir das zweite Kastanienbäumchen in unserem Garten. Es schaute schon recht kräftig und neugierig aus der Erde und niemand aus der Familie brachte es übers Herz, seine zarten Wurzeln wieder aus der Erde zu ziehen. Mit gemischten Gefühlen ließen wir es gewähren, doch eigentlich hätte uns *ein* groß werdender Kastanienbaum gereicht. Denn wir haben im Herbst eine stattliche Menge Laub zu entsorgen. Unsere zweite Rosskastanie hat viel größere Früchte, wie unser Allgäuer Findelkind. Sie trägt ebenfalls weiße Blüten und gehört zu den zwölf Sorten von Ross- kastanien die es gibt. Schade, dass der neue Baum keine roten Blütenrispen trägt, es wäre ein schöner Kontrast gewesen zu seinem Kollege aus den Voralpenland.

Nicht nur ihr stattliches Aus- sehen macht die Rosskastanien zu etwas besonderem. Die Inhaltsstoffe der von den Kindern zum Basteln begehrten Kastanien, werden zu Medikamenten gegen Venenleiden verarbeitet. Die Kastanie wird sozusagen als Heilpflanze genutzt.

Nun kann ich nur hoffen, dass unser prächtiger Baum gesund bleibt. Vielen Kastanienbäumen macht die Miniermotte schwer zu schaffen und ihre Blätter werden schon im Sommer gelblich braun, kringeln sich zusammen und fallen schon frühzeitig ab. Bei guter Gesundheit kann unser Baum über 30 Meter hoch werden und ein Alter von 300 Jahren erreichen. So lange werde ich ihn nicht mehr begleiten können und irgendwann muss ich sein weiteres Schicksal in Gottes Hände legen und vertrauensvoll abgeben, was mir lange Zeit am Herzen lag.

Urlaub auf einer Trauminsel im hohen Norden

Vor vielen Jahren musste unsere fünfköpfige Familie „zwangsläufig" die Sommerferien im kühlen Norden verbringen. Zu der Zeit litt unser vierjähriger Sohn sehr stark unter einer Pollenallergie. Das Leben Zuhause auf dem Lande, zwischen blühenden Wiesen und Gräsern, wurde für ihn zur Qual. Unser Hausarzt empfahl uns dringend, für ein paar Wochen auf eine pollenstaubfreie Nordseeinsel zu reisen. Wir ahnten nicht, dass uns diese Landschaft mit ihrem gesunden Reizklima nicht mehr loslassen würde. Ein Urlaub im sonnigen Süden ist inzwischen unvorstellbar für uns geworden. Im Laufe der Jahre haben mein Mann und ich verschiedene Inseln im Norden bereist und getestet. Eine befreundete Familie gab uns den Tipp, doch auch einmal auf die Insel Sylt zu reisen. Dort angekommen, faszinierte uns die Schönheit dieser fast unberührten Landschaft mitten im Meer. 40 Kilometer feinster Sandstrand ließ unsere Herzen höher schlagen. Wir erlebten eine Brandung, wie wir sie noch auf keiner anderen Insel in einer solchen Stärke gesehen hatten. Schnell war uns klar, hier ließen sich alle unsere Urlaubswünsche erfüllen. Bei jedem Wetter gab es genügend Angebote für uns Eltern und die Kinder. Auch im Hochsommer war es auf der Insel nie zu heiß. Der kühlende Wind und die Brandung verteilten das gesunde Meersalz in der Luft und unser heuschnupfengeplagter Sohn konnte bald wieder durchatmen und den Sommer genießen. An den Tagen, an denen wir uns nicht am Strand aufhielten, dieser war übrigens der Lieblingstummelplatz unserer Kinder, fuhren wir mit dem Fahrrad durch blühende Heidelandschaften oder besuchten den Hafen in List und Hörnum mit seinen Sehenswürdigkeiten. Mehrmals nahmen wir auch an den interessanten, geführten Wattwanderungen teil. Überall war die vitalisierende Wirkung der Nordsee zu spüren. Bei schlechtem Wetter zog es uns in das Meerwasserhallenbad „Sylter Welle" mit seiner einmaligen Saunalandschaft. Im Laufe der Jahre entdeckten wir immer wieder neue Sehenswürdigkeiten auf unserer Lieblingsinsel im hohen Norden. Ob wir nun mit unseren gut bepackten Vesperrucksäcken zum „Roten Kliff" bei Kampen wanderten, oder das Meerwasseraquarium in Westerland besichtigten, am Abend waren alle Familienmitglieder reich an neuen Eindrücken, hungrig, müde und überaus zufrieden. Unser Körper hat nach der langen Anreise genügend Zeit gebraucht, um sich an das Reizklima zu gewöhnen. Um den Gesundheitseffekt voll ausschöpfen zu können, sollte ein Urlaub oder Kuraufenthalt an der Nordsee wenn möglich 3-4 Wochen dauern. Auf Grund des sehr weiten Anfahrtsweges, wäre eine kürzere Aufenthaltsdauer für unsere Familie nicht sinnvoll gewesen. 950 Kilometer mussten wir vom Raum Stuttgart, bis hoch in den Norden zurücklegen. Mit drei kleinen Kindern auf dem Rücksitz und unserem nur 60 PS starken VW Bus, war die Fahrzeit von 11 14 Stunden bei hochsommerlicher Hitze oft kein Vergnügen. In der genannten Anfahrtszeit sind einige kleine Pausen und die abenteuerliche Überfahrt mit dem „Sylt Shuttle"(Autozug) über den Hindenburgdamm enthalten. Diese Überfahrt, die wir mit unserem Kleinbus auf dem Oberdeck des Zuges verbrachten, beträgt ungefähr 45 Minuten. Ich hatte immer Angst, dass eines der Kinder in der Zeit auf die Toilette muss!

Sylt, das ist ein Fest der Sinne! Hier findet man Ruhe und Abstand vom Alltag. Im Einklang mit der Natur, mit Muße und in einer friedvollen, inspirierenden Umgebung erlebt man hier einen unvergesslichen Urlaub. Und der muss nicht teuer sein!! Vor unserem ersten Besuch auf der Insel warnten uns einige Leute mit der Aussage, Sylt sei ausschließlich die Insel der Prominenten und der Wohlhabenden. Sicher ist es richtig, dass es auf der Insel Gegenden gibt, an denen man sehr viel Geld ausgeben kann wenn man solches genügend hat. Aber das muss nicht sein! Wir haben mit unserer fünfköpfigen Familie sehr gute Erfahrungen gemacht. Es gibt auf der Insel sehr günstige und familiengerechte Ferienwohnungen für den Normalverdiener.

Wir fanden Einkaufsgroßmärkte, in denen man wie Zuhause günstig einkaufen kann. Im ersten Urlaubsjahr nahmen wir noch kistenweise Lebensmittel mit. Wir wollten kein Risiko eingehen auf der angeblich so teuren Insel.

Zurück zu unserem Urlaub: Wenn wir nach beschaulichen Tagen am Strand und in der unvergleichbaren Natur einmal Sehnsucht nach dem

Großstadtleben hatten, dann fuhren wir für ein paar Stunden in die Hauptstadt der Insel, nach Westerland. Dort konnten wir durch die Geschäftsstraßen bummeln, Einkäufe erledigen oder einfach auf der Seepromenade flanieren. Hier kann man Menschen treffen und die einzigartige Atmosphäre dieser Stadt am Meer genießen. Gerne nahmen wir Samstagabends auf den Besucherbänken vor der Musikmuschel Platz, um uns umgeben vom Geschrei der Möwen und mit Blick aufs Meer ein schönes Konzert anzuhören. Gratis dazu gab es oft noch einen schönen Sonnenuntergang. Aber sehr schnell zog es uns danach wieder zurück in unser kleines Feriendorf inmitten der Natur. Unsere Tochter war begeisterte Reiterin und nahm gerne an den angebotenen Strandritten teil, während der Rest der Familie sich beim Drachensteigen vergnügte.

Im Dezember 2004 hatten mein Mann und ich die Gelegenheit, unsere Ferieninsel auch einmal im Winter zu erleben. Damals holten wir unseren Sohn von einer viermonatigen Reise auf dem Segelschulschiff Gorch Fock im Hafen von Kiel ab. Damit sich die weite Reise lohnte, gönnten wir uns zuvor noch eine Woche Urlaub auf Sylt.

Es war faszinierend, den Unterschied vom pulsierenden Inselleben im Sommer und der fast menschenleeren Stille im Winter kennen zu lernen. Das einmalige Landschaftsbild präsentierte sich uns, beim Spaziergang über einsame, verlassene Strände und auf leeren Dünenwegen in einer ganz anderen Dimension. Die fehlenden Strandkörbe und die abgebauten Treppenstufen der Strandabgänge gaben uns eine kleine Vorstellung vom ursprünglichen Bild der Insel. Viele Restaurants und Läden hielten Winterschlaf mit Ausnahme der Weihnachts- und Neujahrsfeiertage. Am Ende unseres Kurzurlaubes konnten wir feststellen, dass die beliebte Insel sowohl im Sommer wie auch im Winter seinen besonderen Reiz und ein bemerkenswertes Gesundheitsklima hat.

Die Einwohner von Sylt kämpfen seit Jahrzehnten um den Erhalt ihrer Insel. Wie angreifbar die Insel ist, zeigt sich immer wieder während der heftigen Herbst- und Winterstürme. Als erfolgreich, aber auch sehr kostenintensiv, erwiesen sich die sogenannten Sandvorspülungen.

Doch jedes Jahr holt sich das Meer einen Teil des aufwändig aufgeschütteten Sandes zurück. Lebenswichtig für den Erhalt der Insel ist auch der Dünenschutz. Die mühsame Bepflanzung der Dünen gewährleistet das bestehen des Sandes gegen die starken Stürme und sichert somit den Bestand der Insel. Aus diesem Grund ist auch das betreten der Dünen verboten.

Das Nordseeklima ist atlantisch geprägt, die Sonne scheint jährlich durchschnittlich 1715 Stunden. Die sonnenreichsten Monate sind Mai und Juni, mit bis zu 260 Stunden Sonnenschein. Auf den Nordseeinseln herrscht ein ausgeprägtes Reizklima. Die Reizfaktoren sind frischer Wind sowie die mineralsalzhaltige und keimfreie Meeresluft. Viele Dünenlandschaften stehen unter Natur und Landschaftsschutz. Das Wattengebiet mit rund 20 700 ha zwischen Sylt, der dänischen Grenze und dem Hindenburgdamm ist das drittgrößte Naturschutzgebiet Deutschlands. Für viele Wasservögel ist es Rast und Brutstätte sowie Nahrungsgebiet.

Wie schön, dass es auf unserer Erde noch so erholsame, einzigartige Landschaften und Schutzgebiete gibt.

In der Zwischenzeit sind viele Jahre vergangen, unsere Kinder wohnen nicht mehr Zuhause. Doch immer wieder erinnern wir uns gemeinsam an die schönen und erlebnisreichen Ferien an der Nordsee. Wenn uns eines Tages wieder die Sehnsucht nach endloser Weite, rauschender Brandung sowie frischer, klarer Luft packt, werden wir den langen Weg in den Norden nicht scheuen und uns auf einen schönen, erholsamen Urlaub freuen.

Zwangspause

Vor kurzem hatte ich einen Fahrradunfall, bei dem ich mir erhebliche Verletzungen zuzog. Seit dem sitze ich fast den ganzen Tag tatenlos in meinem sommerlich blühenden Garten und beobachte alle Arten von Vögeln, die sich hier heimisch fühlen. Unfreiwillig wurde ich gezwungen, nun das zu tun, was ich mir im gesunden Zustand nur äußerst selten gönne. Damit meine ich *NICHTS TUN, FAULENZEN, AUSRUHEN* und *NEUE KRAFT* schöpfen. Bisher reichte mein Tag nicht aus, um alle meine Arbeiten, Aufgaben und Verpflichtungen erfüllen zu können. Von früh bis spät war ich am Hetzen und Rennen. Nun habe ich plötzlich Zeit. Sehr viel Zeit um über mich, mein Leben und meinen ungesunden, hektischen Alltag nachzudenken. Es kommt mir vor, als hätte mich mein Schöpfer schon eine ganze Weile nachdenklich beobachtet. Er sah meine rastlose Umtriebigkeit und suchte nach einem Weg, um mich auszubremsen und mir die längst fällige Ruhe und Erholung zukommen zu lassen. Es ist ihm gelungen und es bringt nichts, wenn ich mich gegen seine Pläne aufbäume. Ich muss das Beste aus meiner Situation machen. Aus der ungewohnten Liegestuhl - Perspektive heraus betrachte ich meinen Garten mit ganz anderen Augen. Dieses von mir selbst erschaffene, kleine Paradies, in das ich die letzten Wochen sehr viel Zeit und Energie gesteckt habe. Die Arbeit hat mir viel Freude gemacht und nun muss ich zusehen, wie es in den nächsten Wochen ohne meiner Hände Arbeit weitergeht. Ich werde mich darin üben müssen, ohne schlechtes Gewissen Hilfe anzunehmen. Das fängt schon morgens beim Aufstehen an, indem mir eines unserer Familienmitglieder beim Anziehen helfen muss. Nachdem ich momentan nur einen Arm und ein Bein benutzen kann, sammeln sich im Laufe des Tages meine "Würdest Du mir bitte dies und jenes Tun" Anfragen (auf schwäbisch: Dätsch mor net...) in großer Zahl an. In meiner hilflosen Situation spüre ich oft auch Wut und Verzweiflung. Dann mache ich mir Vorwürfe, dass ich nicht besser aufgepasst habe und den Unfall verhindern konnte. Jedoch ist mir auch bewusst, dass ich einen Schutzengel hatte, der mich vor noch schlimmeren Verletzungen bewahrt hat.

Inzwischen sind einige Wochen vergangen und ich kann mich langsam mit meinem "Zwangsurlaub" im eigenen Garten anfreunden. Hier draußen in der Natur habe ich Raum und Zeit, um in aller Ruhe Gottes Schöpfung zu betrachten. Gerne beobachte ich die Vögel und Insekten die täglich ohne Einladung meinen Garten besuchen und mich mit ihrem Gesang und mit ihrem Dasein erfreuen. Ich lausche dem beruhigenden Plätschern aus unserem selbst angelegten Gartenteich und ich spüre Ruhe und Frieden beim Anblick der Goldfische, die sich im Wasser tummeln. Wann hatte ich vor meinem Unfall Zeit, diese kleinen und großen Freuden im Garten wahrzunehmen??? Wozu soll ich in Urlaub fahren frage ich mich immer öfters. WENN ich mir Zuhause die nötige Zeit nehme, ist die Erholung auf dem eigenen Grundstück garantiert. Inzwischen genießt es auch mein Hund, dass ich so unerwartet sesshaft wurde und nicht ständig auf der Flucht bin. Oft wandert mein Blick vom Liegestuhl aus gedankenverloren durch den Garten, dann sehe ich das schnell wachsende Unkraut und ich stelle fest, wie viel Wert meiner Hände Arbeit in den letzten Wochen war. Jetzt, wo nichts mehr ist wie es bisher war, schätze ich meine Gesundheit und meine täglich geleistete Arbeit wieder viel mehr. Vielleicht sieht auch mein Mann, wie sehr ich ihm täglich den Rücken freigehalten habe. Seit meinen Ausfall ist er enorm im Stress. Auch mein Bruder wird mich dieses Jahr auf dem Kartoffelacker vermissen. Es war selbstverständlich, dass ich diesen Sommer wieder meinen Einsatz bei der Ernte erbringe. Statt dessen habe ich nun vom Liegestuhl aus wunderbare Sonnenuntergänge beobachtet, die ich sonst um diese Tageszeit, im Haus arbeitend, versäumt hätte.

In den vergangenen Wochen habe ich wertvolle Erfahrungen gemacht und mir wurde wieder neu bewusst, dass ich keinen Einfluss auf die Pläne meines Schöpfers habe. Der Mensch denkt und Gott lenkt. Dieses Sprichwort bewahrheitet sich immer wieder.

Während ich nun viele Tage arbeitsunfähig im Garten verbracht habe, durfte ich spüren, wie sich mein müder, überarbeiteter Körper langsam wieder erholt hat.

Freiwillig hätte ich ihm diese Ruhepause nicht gegönnt, das bedaure ich inzwischen sehr. Seit dem Unfall habe ich alle unwichtigen Termine aus meinem Kalender gestrichen und ich spüre ein ganz neues Gefühl von Freiheit und Unabhängigkeit. Wir Menschen wachsen und reifen besonders in schwierigen Zeiten. Jede Krise ist auch eine Chance, unser Leben und das Ziel das wir erreichen wollen, neu zu überdenken.

Meine Wunden werden bald wieder heilen, zurück bleiben wertvolle Erfahrungen und Denkanstöße für die kommende Zeit. Vor allem aber spüre ich eine große Dankbarkeit, dass mein von Gott gewolltes Leben beschützt und bewahrt wurde.

Die güldene Sonne

(Gott der Herr ist Sonne und Schild. Ps. 84, 12)

Gestern bekam ich von meiner Bekannten einen Brief. Sie erzählte mir begeistert, dass sie in den Sommermonaten jeden Morgen um fünf Uhr in der Frühe in ihren Garten geht, um das Aufgehen der Sonne im Osten beobachten zu können. Ganz poetisch schilderte sie mir dieses zauberhafte Farbenspiel, das sich tagtäglich bei gutem Wetter am Horizont abspielt und von vielen Menschen gar nicht mehr wahrgenommen wird. Ich bewunderte meine Bekannte und beneidete sie um diesen meditativen Tagesbeginn draußen in der noch stillen Natur. Nur das fröhliche, vielseitige Zwitschern der erwachenden Vögel unterbrach ab und zu ihre Gedanken und machte deutlich, dass außer ihr noch mehr Lebewesen am Erwachen des neuen Tages teilnehmen wollten.

Wie wohltuend die Sonne auch für meine Gesundheit und mein seelisch - körperliches Wohlbefinden ist, das merke ich schon morgens beim Aufstehen. Wenn ich die Jalousie hochziehe und mich der Tag mit Sonnenschein begrüßt, dann komme ich viel schneller auf die Beine und kann meine Arbeit mit Schwung und Freude verrichten. Auch unsere Nachbarkatze liebt die wärmenden Sonnenstrahlen. Mit sichtbarem Hochgenuß räkelt und streckt sie sich an einem ungestörten, sonnigen Plätzchen und genießt ihr sorgenfreies Katzenleben. Menschen und Tiere leben gleichermaßen auf, wenn die Sonne scheint. In der Natur gäbe es kein Leben, kein Wachsen und Gedeihen ohne die Kraft der Sonne. Ich kenne Pflanzen, die gedeihen ausschließlich nur in der Sonne. Im Schatten vegetieren sie traurig vor sich hin und können sich nicht zu ihrer vorgesehenen Schönheit entfalten. Als Hobby-Gärtnerin schaue ich mir die Blumensamentüten immer genau an. Auf den allermeisten steht zu lesen, dass die Pflanze einen Platz in der vollen Sonne benötigt. Einen Sommer lang habe ich versucht, mit Geranien bepflanzte Blumenkästen an der Nordseite meines Hauses aufzuhängen. Selbst der teuerste Blumendünger konnte an der Blüte nichts ausrichten, es fehlte den Pflanzen der wertvolle, kraftspendende Sonnenschein.

Für einen gesunden Knochenaufbau benötigt unser Körper Vitamin D, das in Verbindung mit der Sonne gebildet wird und das Einlagern von wertvollem Calcium gewährleistet. Schon 15-30 Minuten Sonnenbestrahlung am Tag, z. B. auf den Unterarmen reicht aus, um der Versorgung mit Vitamin D gerecht zu werden. Die Sonne birgt auch Gefahren in sich. Ein unsachgemäßer Umgang mit dem kostbaren Gut "Sonne" kann schwere Folgeschäden nach sich ziehen. Vorzeitige Hautalterung, Sonnenallergien, Sonnenbrand und die Gefahr von gefährlichem Hautkrebs sind die Folge von übermäßigem und häufigem Sonnenbaden. Früher glaubte man, mit einer üppig gebräunten Haut, attraktiv, sportlich und gesund auszusehen. Heute weiß man von den gesundheitlichen Gefahren und geht vorsichtiger um, beim Genuß von Sonnenbädern.
Die Sonne ist ein wichtiger Energielieferant. Bis jetzt wird sie nur in geringem Maße zu wirtschaftlichen Zwecken genützt. Die Menge an Sonnenenergie die auf der Erde ankommt, ist weit größer als der Energiebedarf der gesamten Weltbevölkerung. Wir kennen den Einsatz von Sonnenenergie in Form von Solaranlagen die zur Wassererwärmung und Stromerzeugung dienen. Die Wärme der Sonne läßt das Wasser in den Weltmeeren, Seen und Flüssen verdunsten. Wolken werden erzeugt aus denen Regen fällt. So bleibt

der Wasserkreislauf der Erde in Bewegung. Luft und Wasser werden von der Sonne unterschiedlich erwärmt. Es entstehen Meeresströmungen und Luftbewegungen die unsere Wetterlage beeinflußen.

Unsere Tochter lebte ein Jahr lang als Au - Pair Mädchen auf Island. Sie erzählte uns von den langen Sommernächten in denen es nicht mehr dunkel wurde bei Nacht. Im Juni scheint die Sonne fast 24 Stunden lang auf dieser Vulkaninsel im Atlantischen Ozean. Dagegen haben die Bewohner dieser Insel im Winter einen starken Mangel an Sonnenlicht. Besonders für Kinder in der Wachstumsphase, aber auch für Erwachsene, ist es zwingend nötig, das fehlende Sonnenlicht durch entsprechende Medikamente zu ersetzen. Im Winter geht die Sonne auf Island erst zur Mittagszeit auf und nach einer kurzen Helligkeitsphase geht sie 2-3 Stunden später schon wieder unter. Die Selbstmordrate infolge von Depressionen ist auf Island in den Wintermonaten besonders hoch.

In jeder Jahreszeit empfinden wir die Wärme und Strahlung der Sonne ganz unterschiedlich. Ich erlebe es jedes Jahr als Glücksgefühl, wenn ich nach der kalten Winterzeit die ersten kräftigen Sonnenstrahlen auf meiner Haut spüre. Dann weiß ich, es ist Frühling. Die schönste Zeit des Jahres beginnt und zeigt sich mit prachtvollem Blühen und Gedeihen in meinem Garten und in der Natur.

Der Sonnenblume gleich
steht mein Gemüte offen,
sehnend,
sich dehnend
in Lieben und Hoffen.
Eduard Mörike

Mit der Sonne verbinden wir positive Erlebnisse und Erinnerungen. Wir denken an schöne Sonnenuntergänge im Urlaub am Meer oder in den Bergen. Wir freuen uns über Ansichtskarten von Freunden, die uns "sonnige Grüße" aus der Ferne schicken. Und was wäre ein Besuch im Freibad ohne Sonnenschein. Das Wohlgefühl würde ausbleiben. Ohne die wärmende Sonne gäbe es keinen

Altweibersommer und keine Sonnwendfeiern. Auch auf den wunderschönen Regenbogen am Himmel müssten wir verzichten. In der Schöpfungsgeschichte hat die Sonne ihren festen Platz. "Es werde Licht" sagte Gott am ersten Tag und auf der Erde wurde es freundlich und hell. Im württ. ev. Gesangbuch finden wir viele Lieder über die Sonne. Wir singen sie gerne und mit freudigem Herzen. Ich möchte einige davon aufzählen: In Lied Nr. 456 finden wir den bekannten und oft gesungenen Kanon: "Vom Aufgang der Sonne, bis zu ihrem Niedergang, sei gelobet der Name des Herrn...". Lied Nr. 449, die güldne Sonne voll Freud und Wonne hat 12 Strophen und wurde von Paul Gerhard im Jahre 1666 geschrieben. Nicht zu verwechseln mit Lied Nr. 444: "Die güldene Sonne bringt Leben und Wonnne...". Ein bekanntes Morgenlied finden wir in Nr. 437. "Die helle Sonn leucht jetzt herfür, fröhlich vom Schlaf aufstehen wir...". Der lieben Sonne Licht und Pracht... steht im Gesangbuch unter Lied Nr. 479. Ich könnte an dieser Stelle noch weitere Beispiele aufführen.

Als gelernte Erzieherin kenne ich viele Kinderlieder über die Sonne. Sie verbreiteten beim Singen eine vergnügte Stimmung. Sehr gerne sangen meine Kindergartenkinder das Lied: "Sonne scheint ins Land hinein, macht es hell mit ihrem Schein, lobet Gott für diese Pracht der sie uns zur Freud gemacht." Bei meiner Arbeit ist mir aufgefallen, dass die Sonne zu den allererersten Motiven gehört, die ein Kind zeichnen kann. Auch bei der Aufforderung, mir etwas "gelbes" zu nennen, fiel den Kindern sofort die Sonne ein.
.

Wenn ich an meine Kindheit vor 50 Jahren zurückdenke, dann fallen mir spontan viele "sonnige" Erlebnisse ein. An heißen Sommertagen füllte meine Mutter schon morgens die alte Kupferbadewanne im Freien mit Wasser. Bis zum Nachmittag hatte die Sonne das Badewasser angenehm erwärmt. Nach den Hausaufgaben konnte dann das Badevergnügen beginnen. Wir Kinder spielten damals auch gerne "Schattenfangen". Dieses Spiel gelang nur wenn die Sonne schien. Eine meiner Spielkameradinnen rannte weg, die anderen mussten sie fangen, indem sie auf den Schatten derselben traten. Für dieses fröhliche Spiel wurden keine Gegenstände benötigt.
Oft hörte ich eine Mutter zu ihrem Kind sagen: "Du bist mein

Sonnenschein", oder jemand erfreut seinen Mitmenschen mit den Worten: "Du hast so ein sonniges Wesen".

Mit der Sonne verbinden wir angenehme Dinge. Sie schenkt uns Wohlbefinden und weckt Glücksgefühle in unserem Körper. Von Christian Morgenstern stammt der folgende Vers über die Sonne: "Wer Gott aufgibt, löscht die Sonne aus, um mit einer Laterne weiterzuwandeln." Ein weiteres Sprichwort lautet: "Wende dein Gesicht der Sonne zu, dann fallen die Schatten hinter dich."

Abschließen möchte ich meinen Artikel, mit einem hoffnungsvollen Gedanken für die Zukunft:

Ich wünsche dir,

dass du nach keinem Untergang der Sonne

den Glauben daran verlierst,

dass es auch für dich einen neuen Morgen gibt.

Auf den Hund gekommen

Was waren das für traurige Wochen und Monate, nachdem wir unsere treue, zwölfjährige Schäferhündin „Cora", im Sommer 2o1o, auf Grund einer Krebserkrankung von ihrem Leiden erlösen mussten. Damals verdeckte eine dunkle Sonnenbrille, meine vom vielen Weinen geröteten Augen und in der Wohnung fand ich überall Gegenstände, die mich schmerzlich an unsere gute Lebensgefährtin erinnerten. Es dauerte einige Zeit bis ich in der Lage war, Coras Hundekorb, ihre Fressnäpfe und das geliebte Spielzeug wegzuräumen. Überall entstanden leere Plätze, die ich ganz schnell mit großen Zimmerpflanzen und verschiedenen Artikeln aus dem Baumarkt füllte. Jeden Tag sah ich mehrmals auf meine Uhr und wusste, dass es nun wieder Zeit wäre, mit Cora spazieren zu gehen. Ich hatte plötzlich so viel übrige Zeit und wusste am Anfang gar nicht, was ich mit ihr anfangen sollte. Cora bekam ihre letzte Ruhestätte an ihrem Lieblingsplatz, unter einer Birke in unserem großen Garten. Dass ich das geliebte Tier so nahe bei mir hatte, half mir sehr. Ich schmückte Cora´s kleines Grab mit viel Liebe und Hingabe, sie fehlte mir sehr. In unserem Flur hatte ich einen kleinen Tisch zur Erinnerung aufgestellt. Darauf stand ein schönes Photo von ihr, eine Kerze die ich immer wieder anzündete, sowie die schöne Beileidskarte, die mir eine gute Freundin, ebenfalls Hundebesitzerin, geschickt hatte. Nach Cora`s Tod hatte mir mein Mann die berührende Geschichte von der „Regenbogenbrücke" zum Lesen gegeben. In ihr wird beschrieben, wie die verstorbenen Tiere im Regenbogenland auf ihre Besitzer warten und sie ermutigen, wieder einem neuen Tier ein Zuhause zu geben. Auch diese Geschichte bekam einen Platz auf dem kleinen Tisch im Flur.
Drei Jahre waren inzwischen vergangen, mein Mann und ich dachten oft an die schönen Wanderungen, die wir einst als glückliche Hundebesitzer gemacht hatten. Immer wieder schlich sich ein wehmütiges Gefühl in unsere Herzen und der Gedanke an einen neuen, vierbeinigen Wegbegleiter kam immer öfters in uns auf. Natürlich hatten wir uns in der Zwischenzeit auch an die

Unabhängigkeit und persönliche Freiheit ohne Hund gewöhnt. Spontan verreisen, in´s Kino gehen oder eine Ganztagestour mit dem Fahrrad zu machen, das fühlte sich irgendwie auch gut an. Wollten wir auf diese Annehmlichkeiten wieder auf Jahre hin verzichten? Eine Entscheidung zu treffen fiel uns wirklich schwer, zumal unsere jüngste Tochter inzwischen zwei Schäferhunde besaß und wir immer mal wieder „Hundesitting" machen durften. Aber ein EIGENER Hund wäre doch was ganz anderes dachten mein Mann und ich im Stillen. Den könnte man selber erziehen und der wäre auch noch abends zum Kuscheln da, wenn die Schäferhunde längst wieder Zuhause bei ihrem Herrchen und Frauchen wären. Wir waren hin und hergerissen von unseren Wünschen und Gefühlen und kamen sozusagen „auf keinen grünen Zweig."

Eines Abends lag ich in meinem Bett und schickte ein Stoßgebet zum Himmel, denn diese Unentschlossenheit konnte ich nicht mehr länger ertragen. „Lieber Gott", so bat ich flehentlich, „wenn auch Du willst, dass wir nochmals einen eigenen Hund bekommen, dann leg ihn uns bitte vor die Türe!!" Nach diesem Gebet war ich sichtlich erleichtert, ich hatte alle meine Zweifel nach Oben abgegeben und konnte nun in Ruhe abwarten was geschah. Dabei hatte ich unseren Hundewunsch manchmal ganz vergessen.

Bis ich eines Tages im Büro meines Mannes war und unser Telefon klingelte. Die jugendliche Stimme unserer jüngsten Tochter, die an diesem Tag im Polizeidienst war, erklang aus dem Hörer und ließ uns plötzlich hellwach werden. „Hallo, könnt ihr Beide mich gut hören?", hat unsere Tochter gefragt. Jawohl und wir waren gespannt was sie uns zu sagen hatte, so mitten in ihrer Dienstzeit. „Mama, Papa, ich war gerade mit meinem Kollegen und dem Streifenwagen in einem Nachbarort um dort einen kleinen Hund abzuholen. Er war zwei Tage lang an einem Pfosten, in der Nähe einer Feldscheune festgebunden und wurde dort ausgesetzt. Der Landwirt dem die Scheune gehört, hat uns gebeten vorbeizukommen um das Tier abzuholen." Ich spürte mein Herz lautstark schlagen, während meine Tochter weiter erzählte und zu uns sagte: „Wir sind jetzt auf dem Weg ins Tierheim, sollen wir uns nicht vorher unterwegs treffen, damit ihr euch das Hundchen mal ansehen könnt? Ihr müsst euch aber beeilen, wir sind ja dienstlich unterwegs!" Mein Mann und ich hatten überhaupt keine Zeit und Chance mehr, um vorher zu überlegen, ob wir uns diese arme Hundeseele überhaupt anschauen wollen, zuviel hing doch davon ab. Wie ferngesteuert setzten wir uns ins Auto und fuhren dem Streifenwagen entgegen.

Dort angekommen sahen wir ein kohlschwarzes, am ganzen Leib zitterndes, fünf Kilo Hundchen auf dem Schoß meiner Tochter sitzen. Nicht verstehend was ihm geschehen war. Es war schon spät am Abend und unsere Tochter machte uns den Vorschlag, wir könnten den kleinen Hund zum Kennenlernen über Nacht mit nach Hause nehmen dann bliebe ihm die erste, einsame Nacht in der dunklen, fremden Quarantäne im Tierheim erspart. Das leuchtete uns ein, zumal wir vor einer endgültigen Entscheidung nochmals etwas Zeit gewannen, um in Ruhe nachwirken zu lassen, was wir eben erlebt hatten.

Wir nahmen den verängstigten Hund mit nach Hause und unsere Tochter meinte, dass er sich wohl den Rest des Abends unter der Couch oder unter Tischen und Schränken verstecken würde. Aber da hatte sie völlig falsch vermutet. Das junge Tier spielte in unserem großen Flur freudig mit Bällen, fraß uns ausgehungert aus der Hand und genoss jede unserer Streicheleinheiten in vollen Zügen. Meine Freundin, die ich dazu holte, meinte: " Ihr müsst sie „Lilli" nennen! Unser Hund ist ein Weibchen, das hatte ich ganz vergessen zu erwähnen. „Nein, dieser Name geht gar nicht" sagte ich, denn unser Nachbar heißt „Willi" und da könnte es doch leicht Verwechslungen geben. Und überhaupt, woher wusste meine Freundin dass „Lilli" bei uns bleiben darf und einen Namen braucht? Wir gaben dem Tier vorerst einmal den Namen „Lissi".

Als sogenannter „Fundhund" musste „Lissi" zuerst dem zuständigen Tierheim vorgestellt werden und der dazugehörige Tierarzt schätzte unser schwarzes Energiebündel auf etwa ein Jahr alt. Die nötigen Impfungen und Untersuchungen wurden durchgeführt und wir bekamen ca. fünf Wochen Zeit um uns endgültig zu überlegen, ob wir „Lissi" ein gutes, neues Zuhause geben können. Diese Entscheidung lastete recht schwer auf meinen Schultern. Mein Mann wusste dagegen von Anfang an, dass er Lissi gerne behalten würde. Ich war eher der Realist von uns beiden und schaute mir alle möglichen „Wenn und Aber" ganz genau an. Lissi ist ein kleiner Mischlingshund mit einer hohen Lebenserwartung was sehr erfreulich ist. Konnten wir gesundheitlich und von unserem Arbeitspensum her gesehen, 10 bis 15 Jahre oder noch länger für das anvertraute Tierchen sorgen?? In diesen harten Wochen der Entscheidung habe ich wenig geschlafen und viel gegrübelt. Lissi hatte inzwischen meinen Tagesrhythmus ganz schön durcheinandergebracht, aber meine Liebe zu ihr wuchs mit jedem Tag mehr. So wie das Unkraut in meinem sonst gepflegten Garten der nun zurückstecken musste, damit genügend Zeit blieb für die Spaziergänge mit unserem neuen Familienmitglied. Auch den Zeitplan für meinen Haushalt musste ich neu überdenken. Es war, als ob ich noch ein viertes Kind bekommen hätte. Lissi brachte uns oft zum Lachen mit ihrem drolligen Wesen, man musste sie einfach gern haben und bald kam auch der Zeitpunkt, wo ich ein volles „JA" zu unserem kleinen Hund fand und ihn niemals mehr hätte hergeben wollen. Ein halbes Jahr lang mussten wir noch mit der Angst leben, dass Lissis Vorbesitzer sich noch im Tierheim melden könnte und seinen „ausgesetzten" Hund zurückfordern könnte. Sehr zu unserem Bedauern gibt es diese Regelung, gegen die man nichts machen kann. Seit 15 Monaten lebt Lissi nun bei uns und wir haben unsere Entscheidung nie bereut. Mein Mann hat an Gewicht verloren und ich habe nach dem Auszug unserer drei Kinder wieder ein "Baby" bekommen, das ich knuddeln darf und für das ich sorgen kann. Lissi hat unter unserer Pflege und Fürsorge 2 Kg Gewicht zugenommen, das steht ihr gut und sie ist zufrieden mit ihrem neuen Herrchen und Frauchen. Mein Gebet wurde erhört, Gott hat uns eine würdige Nachfolgerin unserer Schäferhündin „Cora" vor die Haustüre gelegt. Wir sind glücklich und dankbar dafür. Denn alleine, ohne seine Hilfe, hätten wir es wohl nicht mehr geschafft, uns nochmals für einen Hund zu entscheiden.

Vierbeiner im Ehrenamt

Es war im April 2013, als wir einem kleinen, ausgesetzten Hund ein neues Zuhause bei uns gaben. Nach einer gewissen Eingewöhungszeit überlegten wir uns, wie wir die kleine Lissi sinnvoll beschäftigen könnten. Durch einen Zufall lernte ich bei einer Vorführung die Arbeit einer Rettungshundestaffel kennen und beschäftigte mich näher mit diesem Thema. Mit 30cm Rückenhöhe und knapp 6 kg passt Lissi nicht unbedingt in den Bereich "mittelgroße Hunde" und so erhielten wir bei der ersten Anfrage leider eine Absage. Beim "Bundesverband Rettungshunde" BRH fanden wir dann die Rettungshundestaffel nördlicher Schwarzwald e.V., in der wir ohne Bedenken freundlich aufgenommen wurden und sich Hund und Mensch wohl fühlen.

Seither heißt es regelmäßig für Lissi und mich im Wald und auf einem geeigneten Gelände nach den Vorgaben des BRH zu trainieren. Zunächst werden alle Hunde auf die Flächensuche ausgebildet. Diese hat das Ziel, einen unbekannten Menschen in unübersichtlicher Umgebung zu finden. Wie so ein Training ablaufen kann, beschreibe ich hier einmal bei einer Übung, die wir zusammen mit einem örtlichen Altersheim absolvierten:
In der Nähe von Pforzheim war ein älterer Herr unterwegs und verließ den asphaltierten Weg. Nach einigen Hundert Metern legte er sich in eine Senke, wodurch er, selbst aus geringer Entfernung, kaum noch zu sehen war.
Es verging einige Zeit, dann war das Geräusch eines kleinen Glöckchens zu hören. Plötzlich schaute ein großer, schwarzer Hundekopf über den Rand der Grube und stimmte ein tiefes gleichmäßiges Bellen an. Über die Schulter des Hundes spannte sich ein rotes Geschirr mit der Aufschrift "BRH Rettungshund" und am Rücken war das Glöckchen befestigt.
Kurze Zeit später kam auch die Hundeführerin in roter Jacke und Hose dazu, lobte ihren Hund für die erfolgreiche Suche und half dem 75-Jährigen wieder auf die Beine.

Bevor die Hundeführer mit ihrem Hund in einen Einsatz dürfen, steht noch eine Prüfung an. In einem unübersichtlichen Gelände oder Wald sind mehrere Personen in vorgegebener Zeit zu finden und korrekt anzuzeigen. Damit wird sichergestellt, dass die Teams einsatzbereit sind. Und damit es so bleibt, muss diese Prüfung jährlich neu bestanden werden.

Dazu opfern die Mitglieder der Staffel jede Woche mehrere Stunden ihrer Freizeit, um gegebenenfalls fremden Menschen zur Hilfe eilen zu können.

Da unsere Lissi noch "Rettungshund in Ausbildung" ist, muss sie bei Frauchen Zuhause bleiben, wenn für mich ein Alarm eingeht. Denn auch ohne ausgebildetem Hund sind wir im Ernstfall gefragt. Damit ein Hundeführer sich ganz auf seinen Hund konzentrieren kann übernimmt bei einem Einsatz eine zweite Person die Funkverbindung und Koordination im Gelände.

Und so eine Alarmierung kann dann zum Beispiel so ablaufen:
Es war ein schöner, sonniger Samstag Vormittag. Von meinem Handy hörte ich, dass eine Alarmierung eingeht. Schnell eine Rückmeldung an den Einsatzleiter, dann ging es zu einem Treffpunkt und weiter mit dem Einsatzwagen, einem roten Kleinbus mit der Aufschrift "BRH - Rettungshundestaffel nördlicher Schwarzwald", der über sechs Hundeboxen verfügt. Vor einem Altersheim trafen noch weitere Fahrzeuge von anderen Rettungshundestaffeln ein, so dass schließlich eine Gruppe von etwa 35 Personen mit 15 Hunden von der Polizei und Einsatzleitung darüber informiert wurden, dass ein Senior seit dem frühen Morgen vermisst wurde.

Allerdings kam es an diesem Samstag nicht mehr dazu, das Gelände für die Hunde und Helfer aufzuteilen. Denn plötzlich gab es eine neue Information: die vermisste Person hätte das Heim mit dem Taxi verlassen. Die Polizei überprüfte und erhielt eine Bestätigung von der Taxizentrale.

Vom Altersheim bekamen wir noch Kaffee und ein Dankeschön, dann ging es wieder nach Hause. Einerseits waren wir natürlich froh, dass es so ausgegangen war, Andererseits hatte es viel Aufwand gegeben, nur weil jemand vergessen hatte, sich abzumelden.

In diesem Fall mussten unsere Fellnasen nicht aktiv werden und wir hatten "nur" unsere Freizeit für einen, möglicherweise in Not geratenen Menschen investiert. Aber es gibt natürlich auch weniger angenehme Einsätze bei Nacht, Nebel und Schnee wo es recht ungemütlich werden kann.

Da wir nicht einplanen können, wann jemand in Not geraten könnte und vermisst wird sind wir und natürlich auch unsere Hunde ständig einsatzbereit - 24 Stunden am Tag und 365 Tage im Jahr. Auch ohne Prüfung konnte unsere Lissi schon für die Rettungshundestaffel aktiv werden. Regelmäßig geht es zum Spendensammeln in die Fußgängerzone und auf den Weihnachtsmarkt, wo wir oft gefragt werden, ob "dieser kleine Hund auch ein Rettungshund ist" und wen der retten könne. Dann können wir unsere ehrenamtliche Tätigkeit erklären. Bei vielen Menschen ist eben ein Bernhardiner mit Rumfässchen das klassische Bild von Rettungshund!

Im Einsatz arbeitet die Rettungshundestaffel Nördlicher Schwarzwald e.V. eng mit den anderen Rettungsorganisationen zusammen und ist im Katastrophenschutz mit eingegliedert. Die Anforderung bzw. Alarmierung erfolgt durch die Rettungsleitstelle.

Die ganze Ausbildung und Einsätze erfolgen ehrenamtlich und finanziert sich durch Spenden, Sammlungen und Zuwendungen z.B. bei Vorführungen. Auch im Einsatz arbeitet die Rettungshundestaffel ehrenamtlich und kostenlos - aber hoffentlich nicht umsonst!

Mit dem Wohnmobil unterwegs

Guten Tag miteinander, ich habe gerade nach dem Wetter geschaut und mich sehr gefreut, als ich den Regen sah, der ganz ergiebig vom Himmel fiel. Das ist mein Lieblingswetter und ich werde mich jetzt gleich mit meinem schicken Wohnmobil auf den Weg zum Essen machen.

Einen festen Wohnsitz habe ich nicht, nur dieses praktische Mobil, das mich überall hinbegleitet. Ich habe es mir darin häuslich eingerichtet und bin vor jedem Wetter, das mir nicht gefällt, bestens geschützt. Pralle Sonne mag ich überhaupt nicht, da suche ich mir ein schattiges Plätzchen unter einem Busch und bin dort meistens ungestört. Es sei denn, es kommt ein Ordnung liebender Gartenbesitzer vorbei, der in meiner Nähe sein Unkraut jätet und mich unsanft an einen anderen Platz befördert.

Mein Wohnmobil besitzt leider keine Küche, deshalb muss ich zum Essen außer Haus gehen. Das ist nicht ungefährlich, denn bis ich meine Nahrungsaufnahme erledigt habe, dauert es meistens sehr lange.

Wer mich begleiten will muss viel Geduld aufbringen, denn man sagt mir nach, ich sei im Schneckentempo unterwegs. Aber 5 Meter in der Stunde lege ich locker zurück, und ich finde, damit bin ich schon recht flott unterwegs.

Bei Regenwetter sind auch viele meiner Freunde unterwegs. Manche von ihnen sind echt zu bedauern, weil sie splitternackt auf Tour gehen und bei den Leuten längst nicht so angesehen sind, wie ich mit meinem komfortablen Wohnmobil.

Inzwischen weiß ich auch, dass es gute und weniger gute Menschen gibt. Die Guten helfen mir gerne über vielbefahrene Straßen und Wege. Da bin ich wirklich dankbar, denn mein Leben ist kostbar und wenn mir unterwegs nichts schlimmes passiert, kann ich gut 20 Jahre alt werden. Das ist doch erstrebenswert. Die weniger guten Menschen haben mich das Fliegen gelehrt. Sie packen mich einfach an meinem

Wohnmobil und werfen mich über den Gartenzaun zum Nachbar rüber, weil ich ihnen im eigenen Garten zu gefräßig und unästhetisch bin. Komische Leute sind das. Die wissen gar nicht, dass dabei mein wertvolles Mobil beschädigt werden kann. Jedes Mal habe ich ordentlich Angst vor einer Bruchlandung, denn wenn erst einmal mein Wohnmobil stark beschädigt ist gibt es leider keinen Ersatz dafür und mein Leben geht zu Ende. Leichte bis mittelschwere Schäden an meinem Haus kann ich zum Glück selber reparieren. Wenn es aber doch passiert, dass eine meiner Artgenossen über die Regenbogenbrücke geht, bleibt ihr Wohnmobil leer und verlassen am Wegrand zurück. Es gibt begeisterte Sammler, die eine ganze Ausstellung solcher Mobile in verschiedenen Größen und Farben zu Hause haben.

Ach .... Ich habe mich ja noch gar nicht vorgestellt: Ich heiße Helix pomatia, und bin euch als Weinbergschnecke sicher bekannt. Wenn ich ausgewachsen bin, wiege ich ungefähr 30 Gramm und bin ca. 10 cm lang. Mein Gehäuse besteht aus Kalk und hat einen Durchmesser von 3 bis 4 cm.

Ich weiß, dass ihr Menschen meinen Schleim gar nicht leiden könnt, aber der schützt mich vor Verletzungen. Somit kann ich auch über spitze und scharfe Gegenstände laufen. Wenn es sehr trocken und heiß ist, verschließe ich mein Gehäuse mit einer dicken Schleimschicht und auch im Winter kann ich mein Wohnmobil dicht machen um mich vor Kälte und Frost zu schützen.

Ihr Menschen macht euch oft den Spaß daraus, mit euren Fingern auf meine oberen Fühler zu tasten, weil ich diese dann einziehe. Wisst ihr denn gar nicht, dass ich am oberen Ende der Fühler meine Augen habe und ich das sehr unangenehm und schmerzhaft empfinde? Also lasst das in Zukunft bitte bleiben. Mit meinen unteren Fühlern kann ich tasten und schmecken. Hören kann ich leider nicht, da seid ihr Menschen besser dran.

Habt ihr schon einmal meine „Radula" gesehen? Das ist meine Raspelzunge, auf der sich rund 40.000 winzige Zähnchen befinden. Die brauche ich, um weiche und welke Pflanzenteile, sowie

Algenbewüchse zu fressen. Das ist meine Hauptmahlzeit. Dass ihr Menschen uns als Vorspeise in einem sogenannten „Schneckenpfännchen" mit Kräuterbutter verspeist, das nehme ich euch schon übel! Sechs bis zwölf meiner Kollegen müssen für so eine Mahlzeit ihr Leben lassen und viele von uns werden extra für euren „seltsamen" Genuss gezüchtet.

Jetzt wollt ihr sicher noch wissen, warum ich Weinbergschnecke heiße? Zur Zeit meiner Namensgebung war ich oft in Weinanbaugebieten unterwegs. Dort gibt es stark kalkhaltige Böden und diese brauche ich vor allem in den ersten Lebensjahren, um mein Gehäuse aufzubauen und zu festigen. Die heute dort angewandte Schädlingsbekämpfung hat aber dafür gesorgt, dass wir Schnecken uns von den Weinbergen fernhalten und uns nach anderen kalkhaltigen Gebieten und Böden umschauen.

Zum Schluss will ich euch noch ein paar Worte über unser Liebesleben erzählen: Wir Weinbergschnecken sind Zwitter, das heißt, wir sind männlich und weiblich zugleich, können uns aber nicht selber befruchten. Wenn wir eine Freund/in gefunden haben, richten wir uns gegenseitig so auf, dass unsere Kriechsohlen aneinander kleben. Dann tauschen wir unsere etwa elf Millimeter langen

Liebespfeile aus, die mit einem stimulierenden Sekret bedeckt sind und unseren Paarungserfolg steigern. Vier bis sechs Wochen später, legen wir dann unsere 40 - 60 weißlichen Eier in einer Erdgrube ab, die wir mit Hilfe unseres Fußes und Gehäuses gegraben haben. Danach verschließen wir die Grube wieder ordentlich. Nach etwa zwei Wochen schlüpfen unsere Babys mit einem Gewicht von 0,1 Gramm, fressen zur Kalkaufnahme ihre Eihüllen und graben sich an die Erdoberfläche hoch. Das Gehäuse unserer Babys ist noch sehr weich und deshalb fallen ungefähr 95 von 100 Jungschnecken noch vor der Geschlechtsreife ihren Freßfeinden zum Opfer.

Nun möchte ich mich wieder von euch verabschieden und ziehe mich in mein Schneckenhaus zurück, damit ich meine Ruhe habe. Das Erzählen hat mich müde gemacht.

Zum Schluss habe ich noch eine Bitte an euch Menschen:

Passt gut auf uns auf, wenn ihr mit dem Fahrrad, Auto oder zu Fuß unterwegs seid und helft uns bitte über die Straße, wenn es nötig ist. Vor allem aber denkt daran:

„Quäle nie ein Tier aus Scherz,
denn es fühlt wie du den Schmerz".

Vielen Dank sagt eure Weinbergschnecke im Namen vieler anderer Tiere.

Gartenglück

Wenn ich vom Balkon aus auf unseren Garten herunterschaue, bin ich immer wieder erstaunt und erfreut, wie dieser sich in den vergangenen 31 Jahren von einem ehemaligen Kartoffelacker zu einem anschaulichen Wohlfühlparadies entwickelt hat.

Damit sich diese Wandlung überhaupt vollziehen konnte, gehörte für mich eine unermüdliche Freude an der Arbeit im Garten und in der Natur dazu. Vor schmutzigen Händen und einem schmerzenden Rücken, darf ich ebenfalls keine Scheu haben. Aber als ehemalige Bauerntochter bringe ich diese Voraussetzungen und auch einiges an Gärtnerwissen bereits mit.

Ich möchte Sie nun zu einem Rundgang durch unseren Garten einladen und dabei auch ein wenig in Erinnerung schwelgen. Im Mittelpunkt meiner grünen Oase steht eine prächtig gewachsene und Schatten spendende Kastanie, die wir vor 31 Jahren aus dem schönen Allgäu mitgebracht haben. Wir haben sie damals, auf einer Fahrradtour mit unserem zweijährigen Sohn, als kleines Pflänzchen, das aus einem Gulli Deckel herausschaute, entdeckt und in unser damaliges Zuhause im kleinen Allgäudorf „Ratzenried" mitgenommen. Dort haben wir sieben Jahre lang gewohnt und die kleine Kastanie mehrmals in immer größere Töpfe umgepflanzt, bis sie hier, in unserer schwäbischen Heimat, ihren endgültigen Platz im Garten fand.

Nach und nach gesellten sich noch ein Kirschbaum, Nussbaum, eine Weide und Linde, sowie eine inzwischen sehr hoch gewachsene Birke dazu. Letztere haben uns meine Eltern direkt von einem Waldspaziergang mitgebracht. Die vielen großen Bäume spenden uns viel natürlichen Schatten, der nicht vergleichbar ist, mit dem Schatten, der sich unter einem Sonnenschirm bildet.

Bald nach unserem Einzug im Jahre 1989, pflanzten wir eine endlos lange Ligusterhecke um unser Grundstück. In unserem jugendlichen Leichtsinn und Elan, dachten wir nicht daran, dass diese mindestens zwei mal im Jahr einen Friseur braucht. Und niemand aus unserer Familie meldet sich freiwillig, wenn das wieder einmal so weit ist.

Einen großen Platz im Garten hat auch mein Staudenbeet bekommen. Darin blüht zu jeder Jahreszeit eine andere Pflanze, die Sortenauswahl ist sehr groß und die Farbkombinationen ergänzen sich zu einem schönen, bunten Bild. Gleichzeitig hat dieses Beet einen sehr traurigen Hintergrund. Ich habe es im Jahre 2010 angelegt, als wir unsere fast 12 jährige Schäferhündin „Cora" von ihrem Leiden erlösen mussten. Es ist sozusagen, mein Trauerverarbeitungsbeet. Das Grab unserer treuen Hündin hat einen Platz in einer lauschigen Gartenecke gefunden und wird nach wie vor liebevoll bepflanzt.

Mein verstorbener Vater hat auf unserem Grundstück auch seine Spuren hinterlassen. Als unsere drei Kinder noch klein waren, baute er ihnen aus zusammen gebundenen Bohnenstangen ein Indianerzelt und befestigte daran leere Kartoffelsäcke aus Jute Stoff. Da hinein stellten wir einen kleinen Tisch und Stühle, so dass die Kinder einen heimeligen, geschützten Raum zum Spielen hatten. Die Kartoffelsäcke sind inzwischen verfault, aber an den morschen Bohnenstangen wachsen allerlei Kletterpflanzen hoch, die dem Gerüst einen Halt geben sollen. Ein „Wilder Wein" fließt von oben herab über das Gestänge und ist besonders in der Herbstfärbung wunderschön anzusehen. Ich hoffe, dass sich Vaters Nachlass noch lange Zeit erhalten lässt.

Beim Rundgang durch unseren Garten entdeckt man auch eine Zinkbadewanne, sowie zwei „Sautröge" die aus unserem ehemaligen Schweinestall stammen. In diese nostalgischen Behältnisse aus den 50er Jahren, pflanze ich jedes Jahr Astern, Tagetes oder Blumensamenmischungen. Dieses Jahr dürfen Erdbeeren darin reif werden.

Am Fuße unserer Holztreppe, die vom Garten auf den Balkon hoch führt, steht ein hölzener Rosenbogen, an dem von der einen Seite pastellfarbige Rosen emporwachsen und von der gegenüberliegenden Seite eine zart blaue Clematis ganz emsig den Bogen hochklettert um sich dann in der Mitte gesellig, mit der Rose zu treffen.

Eigentlich wollte ich in meinem Garten gar keine Rosen pflanzen. Sie schienen mir zu kompliziert in der Pflege. Und ich hab sie immer als königliche Hoheiten angesehen, die gar nicht zu mir passen.

Das hat meine Schwiegermutter anders gesehen, sie brachte mir eines Tages einige wunderschöne Exemplare vorbei, denen auch ich nicht widerstehen konnte. Und siehe da, dank den Bienenfreundlichen Mittelchen für Mehltau, Rosenruß, verschiedenen Pilzen usw. gedeihen die Königinnen auch bei mir recht prächtig. Vorausgesetzt ich gebe ihnen den gewünschten Platz in der Sonne. Ich habe mich in der Zwischenzeit auch an die verkratzten, oft blutenden Arme gewöhnt, die sich beim Ausputzen der Schönheiten ergeben.

Inzwischen wurden wir mit fünf gesunden Enkelkindern reich beschenkt und von unserer jüngsten Tochter kamen noch 3 Schäferhunde dazu, die wir auch ins Herz geschlossen haben. Alle zusammen stellen eine große Herausforderung für meinen, mit viel Liebe und Phantasie gestalteten Garten dar.

Da lohnt es sich, als Oma fit zu bleiben, um sehr flott reagieren und eingreifen zu können, wenn z.B. einer der Hunde gerade dabei ist, eine Hechtsprung in unseren Gartenteich zu machen, in dem ca. 80 Goldfische friedlich ihre Runden drehen und die Seerosen um die Wette blühen.

Meine angesammelten Gartenskulpturen und andere Deko Artikel wechseln immer wieder ihren angestammten Platz, wenn eines der Enkelkinder sie nichts ahnend ihrer Kostbarkeit durch den Garten trägt. Erfahrungsgemäß beruhigt sich mein kritisch erhöhter Puls nach einer Weile wieder.

Damit sich die kleinen Leute bei uns Großeltern wohlfühlen, gibt es nun auch noch einen Sandkasten, ein Klettergerüst und eine Schaukel in unserem Garten. Und trotzdem hat es noch genügend Platz, damit mein Mann für unseren Hund noch einen Agility Parcour zum Trainieren aufbauen kann.

Vor kurzem habe ich mir von meinem Gartensonderpreis, den ich von unserer Gemeinde bekommen habe, einen richtig hochwertigen und orthopädisch wertvollen Liegestuhl geleistet. Bisher besaß ich nur ein, in die Jahre gekommenes Erbstück meiner Eltern, das ich sowieso nie benützt hatte.

Wohlwissend, dass ich wahrscheinlich selten oder besser gesagt, gar nie die Zeit und Ruhe finden würde, um auf dem neuen Prachtstück auszuspannen oder ein gutes Buch zu lesen, packte ich meine Errungenschaft ins Auto und fuhr zufrieden nach Hause. Schließlich hatte ich mir mit dem Kauf etwas Gutes getan.

Gut zwei Monate lang stand das Wellness Objekt in Original Verpackung in unserem Keller . Bisher habe ich es nur einmal an einem Sonntag ausgepackt und mich mit ihm in die hinterste Ecke unseres Gartens verdrückt. Man will ja schließlich nicht beim Faul sein erwischt werden. Manchmal muss ich über mich selber den Kopf schütteln.

In den Sommermonaten sollte ich mir eigentlich eine Haushaltshilfe einstellen, sofern ich mir so eine Perle leisten könnte. Denn die meiste Zeit verbringe ich lieber draußen in meiner Gartenwelt als in meinem langweiligen   Haushalt, der mir nicht dieselbe Erfüllung schenkt. An unser Gartentor haben wir ein Blechschild gehängt, mit der Aufschrift:

„ Unkraut zu verkaufen
Wegen der hohen Nachfrage nur an Selbstpflücker."
Vergeblich warte ich noch immer auf die fleißigen Helfer, die meine grüne Oase mit Begeisterung überfallen und aufhübschen. Ich weiß auch nicht, woran es liegt, dass keiner kommt.

Mein Garten ist recht eigenwillig und macht oft, was er gerade will. Das ist nicht immer ein Nachteil, denn dadurch lernte ich viele neue, und sogar schön blühende Unkräuter und Pflanzen kennen, die ich nie freiwillig in mein kleines Paradies gepflanzt hätte. Vielen (Un)kräutern habe ich erlaubt zu bleiben wenn sie sich nicht allzu unverschämt vermehren. Anderen zeige ich deutlich, wer hier der Herr im Garten ist und reiße sie unbarmherzig aus.

Sehr gefreut habe ich mich über die unzähligen Margeriten, deren Samen den Weg von nahe gelegenen Wiesen hier her auf unser Grundstück gefunden haben. Den selben Weg aus Wiesen und Wald haben wohl die Maiglöckchen, Waldanemonen, die Akelei und die schmackhaften Walderdbeeren genommen. „Herzlich willkommen, fühlt euch wohl bei uns" sage ich zu diesen Exoten, die ich nicht selber gepflanzt oder gesät habe.

Mit den hübschen, blau blühenden Gartenanemonen, die sich jedes Frühjahr in immer größerer Zahl auf unserem Rasen und unter Büschen und Bäumen ausbreiten, muss ich allerdings immer ein ernstes Wort reden, doch genützt hat es bisher wenig. Auch in unseren Nachbargärten breiten sie sich inzwischen ungeniert aus.

Wer gerne jeden Tag frischen Salat auf den Tisch bringen will, der ist in unserem Garten genau richtig und darf sich kostenlos von meinem gesunden Giersch etwas holen. Der ist nämlich der größte Feind in meinem Garten und alle Versuche, ihn endgültig los zu werden, sind bisher gescheitert. Man hat mir gesagt, ich soll für 2 Jahre eine schwarze Plane über die von ihm überwucherten Beete legen, darunter würden auch die langen Wurzeln ersticken und ich hätte endlich Ruhe vor ihm. Doch diese Planen wären kein schöner Anblick, deshalb zupfe ich dieses Unkraut weiterhin aus oder verzehre es in Salatform.

Was wäre mein Garten ohne die vielen Vögel, die sich darin wohl fühlen und fleißig ihre Nester in den Büschen und Bäumen bauen. Auch unsere fertig gekauften Nistplätze nehmen sie gerne an und ziehen darin ihre Jungen groß. Von Frieda und Emil, unserem Amselpärchen habe ich ja bereits eine Geschichte erzählt.

Mit dem Anlegen unseres Gartenteiches haben wir weiteren Tieren einen wichtigen Lebensraum angeboten. Im Frühjahr kommen oft bis zu 80 Erdkröten aus ihrem Winterquartier im nahe gelegenen Wald und legen in unserem Teich ihren Laich ab. Libellen, in allerlei leuchtenden Farben schweben kunstvoll über das Wasser und lassen sich von uns bewundern. Amseln und andere Vögel nehmen gerne ein erfrischendes Bad in der flachen Zone unseres Teiches.

Der Klimawandel, mit den immer heißeren und trockenen Sommern, macht mir als Gärtnerin ziemlich viel Mühe und Arbeit. Die bereitgestellten, großen Wasserfässer sind schnell leer und ich warte dann oft vergeblich auf den nächsten Regen und muss notgedrungen die durstigsten Pflanzen mit unserem kostbaren Trinkwasser gießen.

Dieses eine Problem wird im Herbst von einem anderen abgelöst: Wohin mit all dem bunten Laub, das unsere großen Bäume vor dem Winter pflichtbewusst abgeworfen haben?? Bis mindestens zum Jahreswechsel sind wir beschäftigt, diese Pracht ordentlich zu entsorgen. Für die Igel häuft mein Mann einen großen Laubhaufen als schützendes Winterquartier auf und um die Baumscheiben legen wir auch eine Menge bunter Blätter. Den Rest dürfen wir zu einem Laubcontainer fahren, den der Bauhof für einen bestimmten Zeitraum aufgestellt hat.

Im Herbst stört mich oft der Anblick verblühter Blumen und Stauden. Ich weiß, dass ich sie stehen lassen sollte wegen des Samens und als Winternahrung für die Vögel. Doch mein eingeübter Ordnungssinn macht mir da oft einen Strich durch die Rechnung und ich ärgere mich, wenn ich wieder zu schnell zur Schere gegriffen habe.

Zum Schluss möchte ich meiner Geschichte noch ein paar nachdenkliche Gedanken hinzufügen. Ich glaube, damit spreche ich viele Gärtner(innen), die ihr Herz an ihr grünes Paradies gehängt haben, an. Mir geht es so, je älter ich werde, desto häufiger beschäftige ich mich mit der Frage, was einmal aus meinem Garten wird, wenn ich zum Einen die Arbeit nicht mehr leisten kann und zum Anderen, wenn ich eines Tages nicht mehr da sein werde? So wie es aussieht, hätte keines unserer drei Kinder die Zeit und Freude, mein Lebenswerk mit Liebe und in meinem Sinne weiterzuführen. Ich lege meine Gedanken und meinen Garten in Gottes Hände, er wird es schon recht machen, ich vertraue auf ihn.

Wer nun beim Lesen meiner Geschichte Lust bekommen hat, einen Besuch in meinem Garten zu machen, der ist immer herzlich willkommen. Auch wenn ER oder SIE nicht zu den „Unkraut Selbstpflückern" gehört.
Nun freue ich mich auf ein beglückendes, restliches Gartenjahr und auf die wohlverdiente Pause in den Wintermonaten.

Der Duft von Heu

Als mir meine Mutter im fortgeschrittenen Alter erzählte, dass sie seit einiger Zeit nichts mehr riechen kann, konnte ich das zuerst gar nicht glauben. Ein wichtiger Sinn, der Geruchssinn, ist ihr einfach verloren gegangen und konnte durch nichts ersetzt werden. Die Vorstellung, dass sie nun ihren herrlichen Sonntagsbraten, dessen Duft durchs geöffnete Küchenfenster, bis weit hinaus auf die Straße strömte, nun nicht mehr wahrnehmen konnte, das machte mich schon recht traurig.

Mutter tröstete mich mit den Worten: „Dafür rieche ich es auch nicht, wenn einer meiner Enkel, neben mir in die Hose gemacht hat."

Gerüche wecken Erinnerungen in uns. Sie können wie eine Reise zurück in die Vergangenheit oder Kindheit sein und in unserem Inneren große Freude und Dankbarkeit für Erlebnisse, die man nie vergisst, auslösen.

Wenn ich heute im Rentenalter mit meinem Hund auf dem Lande spazieren gehe und an gemähten Wiesen vorbei komme, muss ich jedes mal inne halten und ganz tief einatmen. Dann bücke ich mich und greife automatisch nach einer Hand voll duftendem Heu, heb mir diese direkt unter die Nase und schließe kurz meine Augen. Dann läuft ein alter Film vor meinem Inneren ab und ich sehe mich als kleines Bauernmädchen, weit oben auf dem beladenen Heuwagen, beschützt in einer Mulde liegen. Umgeben von dem süßlich riechenden Duft von Heu und an Armen und Beinen zerkratzt von den teilweise störrischen, getrockneten Grashalmen. Und immer lebte ich ein wenig in der Angst, ob mein Vater den „Max" unser Pferd, so gut führt, dass er nicht im Übermut unseren Heuwagen umwirft. Unzählige Fahrten auf dem Heu- oder Garbenwagen vom Feld nach Hause, habe ich während meiner Kindheit mitgemacht.

Im Sommer konnte ich auch ab und zu Weißstörche beobachten, die auf den abgemähten Wiesen nach Nahrung wie Schnecken, Fröschen und kleineren Nagetieren wie Mäusen suchten. Man hat herausgefunden, dass Störche auch über einen Geruchssinn verfügen und auf den intensiven Duft von frisch gemähtem Gras reagieren.

Erstaunt musste ich beim Schreiben feststellen, dass die allermeisten Düfte und Gerüche, die ganz fest in meiner Erinnerung verankert sind und die mich an besondere Erlebnisse erinnern, aus der Zeit meiner Kindheit und Jugend stammen. Vielleicht weil man als kleiner Mensch alles viel intensiver wahrnimmt und dieses fürs spätere Leben in einer Art „ Schatzkästchen „ aufbewahrt.

Dazu gehört zum Beispiel der Geruch von Metzelsuppe, der mich an unseren alljährlichen Schlachttag, von einem unserer selbst aufgezogenen Schweine, erinnert. Als ich damals von der Schule heim kam, war der Tisch im Wohnzimmer gedeckt und sogar unser Metzger durfte an diesem Festmahl teilnehmen.

In meinem Schatzkästchen ist auch der feuchte Geruch unseres Gewölbekellers verankert, in dem mein Vater unsere gut gefüllten Mostfässer gelagert hatte. Dieser erdige, säuerliche Geruch lässt sich ganz schnell aus der Erinnerung hervor holen. So wie auch der Duft von Bohnerwachs, mit dem die Holztreppen und Dielen, der einzigen kleinen Darlehnskasse, die es damals in unserem kleinen Dorf gab, eingestrichen waren. Auch meine Mutter hatte so eine Dose Bohnerwachs für unsere Linoleumböden Zuhause. Ich liebte als Kind diesen intensiven Geruch und er war meistens noch mit einer Fahrt auf unserem alten „Blocker" verbunden. Die gewachsten Böden mussten ja auf Hochglanz poliert werden.

Als Kind war ich viel draußen im Wald und ich weiß, dass man den

Duft eines frisch gepflückten Maiglöckchenstraußes nicht mit Worten beschreiben kann. Diesen betörend süßlichen Duft muss man einfach selber riechen und dazu, mit vom Morgentau noch feuchten Schuhen zwischen den Maiglöckchen stehen. Im Perouser Wald gibt es sehr viele davon und seit Generationen werden sie von den Bürgern als duftendes „Sträußle" nach Hause getragen. Auch meine Großmutter hatte sie im Mai auf dem Tisch stehen.

Für mich haben sie leider auch eine traurige Erinnerung. Als ich 12 Jahre alt war, verstarb im Mai meine geliebte "Tante Amalie" und ich durfte ihr einen Maiglöckchenstrauß ins Grab werfen. Meine vom Schmerz verkrampften Kinderhände hatten die Blumenstengelchen total zerdrückt, so groß war mein Leid und die Trauer um die geliebte Tante, bei der ich aufgewachsen war und von der ich liebevoll betreut wurde, während meine Eltern der Feldarbeit nach gingen.

Gerüche, die mit einem besonderen Erlebnis verbunden sind, begleiten uns ein Leben lang und haben oft noch Einfluss, auf das „Hier und Jetzt", in dem wir heute leben. Und wenn unser Geruchssinn nicht eines Tages durch Alter oder Krankheit verloren geht, werden wir ein Leben lang damit konfrontiert.

Unsere Nase macht nur im Schlaf eine Pause. Ansonsten muss sie abwechselnd mit guten und schlechten Gerüchen klar kommen. Welch eine große Aufgabe ist das für so ein kleines Organ, wenn wir es auf unser ganzes Leben hin betrachten.

Es gibt Gerüche, die wir mit einer bestimmten Jahreszeit verbinden. Weihnachten zum Beispiel. Wenn es nach Plätzchen, Glühwein, Tannennadeln und Bienenwachs riecht, dann ist die Adventszeit gekommen, auf die wir uns das ganze Jahr gefreut haben. Wie es wohl im Stall zu Bethlehem gerochen hat? So zwischen Ochs, Esel und feuchten Schaffellen?

Das neugeborene Jesuskind hat bestimmt einen angenehmen Duft verströmt, weil alle neugeborenen Babys gut riechen. Und solange sie Muttermilch als Nahrung bekommen, riecht auch ihre volle Windel nicht unangenehm.

Als ich unsere drei Kinder zur Welt gebracht habe, stand jedes mal ein Fläschen „Sterilium" auf meinem Nachttisch. Bis heute erinnert mich der Duft dieses blauen Desinfektionsmittels an das große

Mutterglück, das ich empfand, wenn ich so ein kleines, neugeborenes Wunder in meinen Armen hielt.

Weniger schön ist die Erinnerung an den Schwimmunterricht in meiner Schulzeit. Beim Geruch von Chlor, fühle ich mich heute noch unwohl. Unsere damalige Sportlehrerin verlangte von uns ängstlichen Nichtschwimmern jedes mal einen Sprung ins tiefe Wasser. Ich spüre noch heute meine große Angst und den Druck in meinen Ohren, aber darauf hat sie keine Rücksicht genommen.

Schnell vergessen waren solche schlimmen Erlebnisse, wenn ich am Nachmittag nach den Hausaufgaben, mit meinen Freundinnen im Wald ein „Lägerle" bauen durfte. Mit unseren Puppenkindern erlebten wir dort eine unglaublich schöne Kindheit. Der Geruch, den das feuchte Moos im Wald ausströmte, gehört zu meinen unvergesslichen Kindheitserinnerungen.

Er lockt mich auch heute noch hinaus in den Wald, um für meine Gestecke, die ich gerne herstelle, das wohlriechende Moos zu sammeln.

Zu den schönen Duft- Erinnerungen meiner Jugendzeit gehört auch ein Orangenschaumbad. Als ich 15 Jahre alt war, gab es in meinem Elternhaus noch kein Badezimmer. Immer Samstags, nachdem die Straße gekehrt und der Ofen angeheizt war, durften mein Bruder und ich in unserer Waschküche, in einer Zinkbadewanne ein Vollbad genießen. Die kleine Wäsche unter der Woche, wurde in der Küche in einer Schüssel, die im Spültisch stand, verrichtet. Deshalb war mein Glücksgefühl groß, als mich meine Tante, die schon moderner wohnte als wir Zuhause, am Abend vor meiner Konfirmation, zu sich in ihr Badezimmer einlud. Dort hat sie mir in ihrer schönen, weißen Badewanne ein Orangenschaumbad eingelassen. Ach wie war das so herrlich, der Schaum und der Duft blieben unvergesslich und ich bin der heute 86 jährigen Tante heute noch dankbar dafür.

Gerne erinnere ich mich auch an die ganz große Badewanne, auch Nordsee genannt, die meiner eigenen Familie viele Jahre später im Urlaub, ganz besondere Gerüche beschert hat. Die salzige Seeluft, der Fischgeruch am Hafen und in unseren Brötchen gehörten einfach zu einem gelungenen Urlaub.

Zuhause wieder angekommen, empfanden wir den Geruch von Autoabgasen immer besonders widerlich. Welch ein Kontrast zur klaren, sauberen Luft an der See.

Zum Schluss möchte ich noch an die Menschen denken, die vom Beruf her, mit wenig guten Gerüchen auskommen müssen. Ihnen gehört mein großer Dank und meine Bewunderung. Dazu gehören die Pfleger und Pflegerinnen, die sich in Altenheimen und Krankenhäusern um Menschen kümmern, die inkontinent sind, sich erbrechen müssen oder krankheitsbedingt strenge Gerüche absondern. Wie wertvoll ist da ein respektvoller Umgang und ein liebevolles Umsorgen der oft gebrechlichen Menschen. Große Achtung habe ich auch vor Ärzten und Schwestern, die auf die Straße gehen um die Wunden der Obdachlosen Menschen zu versorgen. Welch ein Geruch wird ihnen da entgegen strömen?

Auch den Männern, die unseren Abfall beseitigen, möchte ich noch meinen Dank aussprechen. Es ist so selbstverständlich für uns, dass wir einfach unsere gut gefüllten Tonnen vor die Türe stellen und Ihnen die damit verbundenen Gerüche überlassen.

Damit ich meine Geschichte noch mit einem guten Duft beenden kann, möchte ich noch eine nette Jugenderinnerung hinzufügen. Ich habe schon immer gerne und viele Briefe von Hand geschrieben. Doch früher habe ich sie alle mit meinem Lieblingsparfüm eingesprüht um meinen Freundinnen, die sie zugeschickt bekamen, noch mein eigenes, persönliches Geschmäckle zukommen zu lassen.

Nun wünsche ich Ihnen allen, einen wunderbar funktionierenden Geruchssinn und den Mut, mit erhobener Nase durch den Alltag zu gehen. Sie werden staunen, wie vielseitig die Gerüche sind, die Ihnen an einem einzigen Tag zufliegen und wie kostbar die Düfte sind, die Sie an eine glückliche, unbeschwerte Kindheit erinnern. So wie bei mir, der Duft von Heu.

Ein Wunder

Das Postauto hält vor unserer Tür und wie immer mache ich mich gleich auf den Weg zum Briefkasten, um zwischen Rechnungen und Werbeprospekten vielleicht einen lieben Brief aus meinem Freundeskreis zu entdecken.

Heute habe ich sogar Glück und ich finde im Kasten einen weißen, von Hand beschrifteten Umschlag, auf dem jedoch kein Absender vermerkt ist. Die Schrift kommt mir bekannt vor, ich glaube sie gehört einem unserer drei Kinder, stelle ich erfreut fest. Ich öffne den Umschlag und halte ein Photo in Postkartengröße in meinen Händen. Auf dessen Rückseite lese ich gespannt einen persönlich geschriebenen Text. Sehr schnell höre ich mein Herz höher schlagen, mein Puls ist deutlich fühlbar und einige salzige Freudentränen laufen mir die vor Aufregung geröteten Wangen herunter. Glückselig betrachte ich auf dem Photo, welches vor mir liegt, das winzig kleine Wesen Mensch, das mir auf dem hervorragend dargestellten Ultaschallbild seine Fingerchen, Füßchen und seinen fertig ausgestatteten kleinen Körper zeigt. Die Aufnahme ist wohl ganz aktuell beim Frauenarzt entstanden. Dieses kleine Wunder ist mein erstes Enkelkind. „Ich werde Oma", sage ich laut vor mich hin und rüttle damit auch den dazugehörenden Opa auf, der nichts ahnend in seiner Zeitung blättert.

Schon jetzt spüre ich eine warme Zuneigung zu diesem von Gott gewollten Kind, das auf dem Bild gerade mal sechs Zentimeter groß ist. In wenigen Monaten werde ich es hoffentlich gesund in meinen Armen halten und ihm meine großmütterliche Liebe schenken.

Nun aber begann das große Rätselraten, welches unserer drei Kinder uns zu Oma und Opa machen wird. Das Photo wurde ja ohne Absender an uns werdende Großeltern verschickt. Die glückliche, in Erwartung lebende junge Mutter war bald gefunden und plötzlich betrachtete ich meine einst so süße kleine Tochter mit ganz anderen Augen. Dass sie nun selbst Mutter wird, sogar im selben Alter in dem ich sie vor 26 Jahren austrug, das konnte ich mir noch gar nicht so recht vorstellen. Aus dem kleinen Mädchen von damals ist eine reife, erwachsene Frau geworden, die nun gemeinsam mit ihrem Partner die Verantwortung für das kleine Geschöpf trägt, das unter ihrem Herzen heranwächst.

Einen Tag später musste ich unbedingt einer guten Freundin von meinem Omaglück erzählen. Sie sagte zu mir: „Gudrun, ist es nicht ein Wunder, dass aus nur einer Samen - und Eizelle nach unzählbarer Zellteilung ein neues, gesundes Menschenkind entsteht, das alle Organe, Gliedmaßen und Erbanlagen besitzt, wie ein erwachsener Mensch. Gibt es einen größeren Grund, unserem Schöpfer aus tiefstem Herzen heraus „Danke" zu sagen, für das neue Leben in Form eines kleinen Kindes, das er uns Menschen schenkt und anvertraut?

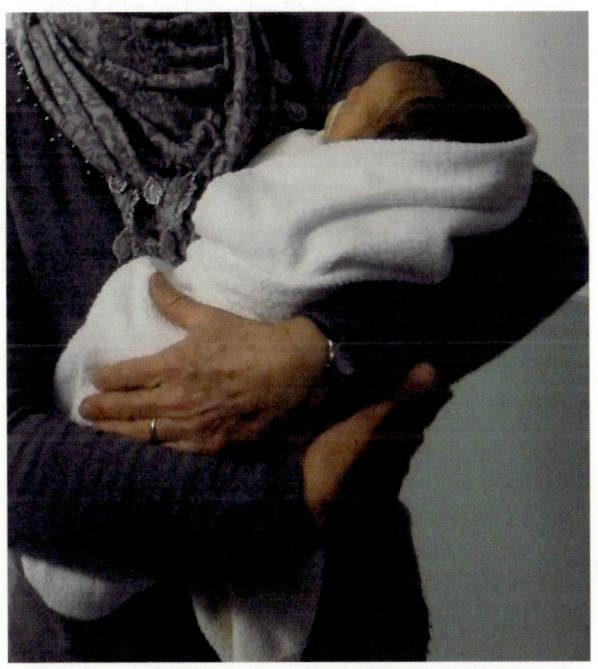

Ich freute mich über die Achtung und Wertschätzung, die meine Freundin der Entstehung neuen Lebens entgegenbringt und ich spürte große Lust, mir weitere Gedanken zum Thema „ Wunder " zu machen.

Wunder erleben wir überall und immer wieder. Doch sie geschehen nicht einfach von selbst. Alles was wir damit verbinden, kommt aus Gottes Hand und ist in seinem Sinne geschehen. So wie ich zu jeder Jahreszeit in meinem großen Garten wunderbare Dinge entdecke, die mich zum Staunen bringen:

Wenn wir die Bibel aufblättern, finden wir Erzählungen über wunderbare Heilungen. Auch Apostel Paulus schreibt in einem Brief: „Ich habe immer um ein Wunder gebeten, aber Gott hat mir zur Antwort gegeben: Meine Kraft ist in den Schwachen mächtig " (2. Kor. 12,9)."

Solange wir mit offenen Augen und Ohren durch die Welt gehen, können wir sicher sein, dass wir an jedem Tag ein kleines oder großes Wunder erleben, das uns zum Staunen und Danken anregt. Ich freue mich auf jeden Fall mit meiner Tochter über das große Wunder auf dem Ultraschallbild, das wir im Dezember, liebevoll auf dieser schönen Welt begrüßen und willkommen heißen dürfen.

Auf gute Nachbarschaft

Als ich im Jahre 1982 mit meiner Familie für sieben Jahre ins schöne Allgäu zog, fielen mir zuerst die vielen Bauernhöfe auf, die weit verstreut und einsam gelegen, in der hügeligen Landschaft verteilt waren. "Was für eine Idylle!", dachte ich mir. Ich war fast neidisch auf die Leute, die dort in völliger Ruhe und Abgeschiedenheit ihr Tagwerk verrichten konnten. Erst sehr viel später kam ich zu der Erkenntnis, dass diesen über Generationen vererbten Höfen und den Menschen, die sie bewirtschafteten, etwas ganz wesentliches fehlte: Eine gute Nachbarschaft!

Dort in der vermeintlichen Idylle gibt es keinen spontanen Gruß über den Gartenzaun, keine Neuigkeiten, die untereinander ausgetauscht werden, und keine schnelle Hilfe, wenn jemand in Not ist. Die Bauersleute sind auf das Telefon und auf die Begegnungen im Dorf oder in der Stadt angewiesen. Ich bekam plötzlich einen ganz anderen Blickwinkel auf diese Art von Leben und mir wurde bewusst, wie vorteilhaft es ist, inmitten einer großen und guten Nachbarschaft zu wohnen.

Zu meinen engsten Nachbarn verbindet mich ein wertvolles Vertrauensverhältnis. Sie bekommen meinen Hausschlüssel, wenn ich in Urlaub fahre und sie versorgen meine Zimmerpflanzen und Kleintiere besser als ich es selber könnte. Dafür reiche ich ihnen ab und zu einen Kopfsalat aus dem eigenen Garten über den Zaun und nehme die Pakete an, die der Postbote im verlassenen Nachbarhaus nicht abgeben konnte. Eine gute Nachbarschaft besteht aus beidseitigem Geben und Nehmen. Ich genieße den freundlichen Umgangston, in dem wir miteinander reden und uns gegenseitig wertschätzen. Hier im Dorf achtet man aufeinander und es fällt mir sofort auf, wenn ich meine Nachbarn ein paar Tage nicht gesehen habe. Selbstverständlich frage ich nach, ob alles in Ordnung ist und bringe im Krankheitsfall, wenn es benötigt wird, einen Pack Zwieback oder einen Beutel Kamillentee vorbei. Dafür läutet es das Jahr über immer wieder an meiner Haustüre und meine fürsorgliche Nachbarin bringt uns ein Versucherle von ihrem frisch gebackenen Kuchen vorbei. Oftmals sogar passend zur Kaffeezeit. Bei diesen Freundlichkeiten schlägt mein Herz über und ich danke Gott, dass er mir so gute Nachbarn geschenkt hat und vor allem dafür, dass ich mit Ihnen in Frieden und Freude zusammenleben darf, weil kein Zank und Streit unsere Häuser und Herzen entzweit.

Seinen Wohnort kann man sich aussuchen, seine Nachbarn leider nicht. Doch bei gegenseitigem Bemühen und im Bedarfsfall dem Ansprechen möglicher Probleme, kann fast jede Nachbarschaft gelingen. In einem Fall wird daraus eine enge Freundschaft und im anderen Fall bleibt die Beziehung auf solider, aber wertschätzender Basis.

Um uns herum wohnen vorwiegend ältere Menschen denen es Sicherheit und ein gutes Gefühl vermittelt, tatkräftige, jüngere Menschen in der Nachbarschaft zu wissen. In der Zwischenzeit ist es uns schon zur Gewohnheit und selbstverständlich geworden, dass wir unserem älteren Nachbarn den Sommer über seinen Rasen mähen. Seine aufrichtige Dankbarkeit und Freude über unsere Hilfe ist uns das größte Geschenk. Trotzdem ist es ihm ein Anliegen, unsere kleine Hilfeleistung mit einem lieben Kartengruß und einem Geldbetrag zu würdigen.

Unsere Nachbarn haben naturgemäß ganz verschiedene Charakteren, die wir inzwischen gut kennen und über die wir auch ab und zu schmunzeln müssen. Selbst die Hobbys und Eigenheiten der einzelnen Leute sind uns bekannt. Das belebt und erheitert so manche Situation und ich frage mich oft, was die Leute umgekehrt über unsere Familie denken. Zum Beispiel über meine Gewohnheit Weihnachten bis Mitte Februar hinauszuziehen, weil ich mich von dieser heimeligen Lichterzeit nur schwer trennen kann.

Oftmals stelle ich mir die Frage, was sein wird, wenn unsere älteren Nachbarn einmal nicht mehr leben? Fremde Menschen im vertrauten Nachbarhaus - das kann ich mir nur sehr schwer vorstellen, aber noch hoffen wir auf einige schöne Jahre miteinander.

Ich bin froh, in einem Dorf zu leben, in dem jeder den anderen, vor allem seinen Nachbarn kennt. Sicher hat das auch Nachteile, doch ich wollte trotzdem nicht in der Stadt in einem anonymen Hochhaus leben. Niemand würde mich dort fragen: "Wie geht es Dir?" und das würde ich jeden Tag schmerzlich vermissen. So lebt und wohnt jeder an dem Platz, an den Gott ihn hingestellt hat. Mir hat er die schöne Aufgabe zugeteilt, in der Nachbarschaftshilfe tätig zu sein. Dort kann ich meinem Nächsten, wo es nötig ist, behilflich sein und ich erlebe sehr viel Freude und Dankbarkeit, wenn ich eine kranke Frau im Rollstuhl spazieren fahre oder einem alten Mann bei seinen Einkäufen behilflich bin. Nachbarschaftshilfe ist ein vielseitiges Gebiet und es macht keinen Unterschied, ob sie vor der eigenen Haustüre, oder im großen Kreise hilfsbedürftiger Menschen stattfindet.

Großmutters Waschküche

Ich habe mir lange überlegt, ob es sich lohnt, über diesen 12 Quadratmeter großen Raum eine Geschichte zu schreiben. Dann traf ich eine gute Freundin zu einem gemeinsamen Hundespaziergang und diese machte mir Mut und meinte: „Doch, diese Geschichte ist so originell und einmalig, du musst sie unbedingt weiter erzählen."

Deshalb werde ich nun erzählen, wie aus Großmutters Waschküche, die auch noch zu vielen anderen Zwecken benützt wurde, am Ende ein Kosmetiksalon wurde.

Das Haus meiner Großeltern in der Henry- Arnaudstraße, im kleinen Waldenserort Perouse, stand genau neben dem Haus meiner Eltern. Nur eine ca. 3 Meter breite Hofeinfahrt, in die unser Traktor mit Anhänger einfahren konnte, trennte die beiden Häuser voneinander. Dieser Hof wurde auch ab und zu als Freilauf für Großmutters Hühner genützt, dafür wurde als Absperrung ein einfaches Tor in die Hauswand eingehängt.

In den 50er und 60er Jahren gab es in meinem Elternhaus noch kein Badezimmer. Gewaschen haben wir uns in einer Schüssel in der Küche, die in unseren steinernen „Ablauf" (Spültisch) gestellt wurde. Wir Kinder fanden das völlig normal und wir schauten auch oft zu, wie Mutter in diesem Ablauf eines unserer Hühner gerupft und ausgenommen hatte.

Einmal in der Woche durften mein Bruder und ich, in der großen, verzinkten Badewanne, in Großmutters Waschküche baden. Immer am Samstagabend wurde dazu das Badewasser im großen Kessel, der mit Holz befeuert wurde, heiß gemacht. Die Zeit, bis es soweit war, mussten wir Kinder immer nützen, um die Straße vor unserem Haus, gründlich zu kehren. Schließlich war am nächsten Tag Sonntag und da musste alles ordentlich sauber sein. Die Perouser Kirche stand gegenüber von unserem Haus und viele Mitbürger kamen auf dem Kirchgang an unserem Haus vorbei. Was tat man damals nicht alles, um es den Leuten recht zu machen und nicht negativ aufzufallen.

Zurück zum Baden am Samstag. Außer dem großen Kessel, in dem unser Badewasser heiß gemacht wurde, gab es nochmals einen zweiten davon, in dem die Abfallkartoffeln für unsere Schweine weich gekocht wurden. Wenn schon einmal ein Feuer unter dem Kessel brannte, musste man das gleich doppelt nutzen.

Bevor endlich der herbeigesehnte Badespaß beginnen konnte, mussten weitere Vorkehrungen getroffen werden. Die kleine Waschküche, mit einer Deckenhöhe von ungefähr zwei Metern lag ebenerdig zur Straße hin. Durch die zwei Kippfenster mit den Metallsprossen, konnte jeder, der am Haus vorbei lief, ungehindert hereinschauen. Also mussten wir Kinder je einen leeren Jute Kartoffelsack in jedes der Fenster klemmen und diese dann wieder fest zudrücken.

Das fertige und kochende Badewasser haben wir mit einem Plastikeimer aus dem Kessel, in unsere Zink Wanne gefüllt und mit dem, in der Waschküche angeschlossenen Gartenschlauch, auf die richtige Temperatur gebracht. Bei dem Gedanken, der Henkel wäre am Eimer abgerissen und wir hätten uns mit dem heißen Wasser verbrüht, wird es mir heute noch ganz mulmig.

In den ersten Jahren bin ich mit meinem Bruder gemeinsam in der Badewanne gesessen, später durfte ich das wöchentliche Bad alleine genießen. Wenn ich dann entspannt im Wasser lag, ging mein Blick nach oben zur Zimmerdecke. Auf der befanden sich eine Menge eingetrockneter Blutflecken in allen Farben und Formen. Aber das war ein gewohnter Anblick über viele Jahre hinweg und konnte uns Kinder nicht aus der Ruhe bringen.

Wir wussten ja, dass in Großmutters Waschküche einmal im Jahr, eines unserer Schweine geschlachtet wurde und die Flecken von da her kamen.

Zum Schlachtfest kam unser Dorfmetzger, ein kleiner, hagerer Mann, an den ich mich noch sehr gut erinnern kann. Zum Glück waren wir Geschwister zum Zeitpunkt, an dem das arme Schwein sein Leben lassen musste, gerade in der Schule. Als wir zurück kamen, war das schlimmste schon vorbei und es roch schon von weitem nach Metzelsuppe, Kesselfleisch, Blut und Leberwürsten. Zu diesem Anlass hatte meine Mutter jedes Jahr den Tisch in der guten Stube gedeckt und zusammen mit unserem Metzger ließen wir uns die reichhaltige Schlachtplatte schmecken. Wir wussten ja, dass unser Schwein ein gutes Leben gehabt hatte und nur mit bestem, artgerechten Futter versorgt wurde.

Großmutters Waschküche hat eine Vielfalt und Fülle besonderer Ereignisse mitgemacht, so manches langweilige und komfortable Zimmer würde sie darum beneiden.

Vor meiner Konfirmation erlebte sie einen besonders gründlichen und intensiven Großputz. Der Boden, die Wände und die Decke wurden peinlichst sauber geschrubbt und mein Vater hat ein großes Regal mit vielen Fächern an eine der Wände gebaut. Darin wurden die vielen Kuchen gelagert, die in der Woche vor meiner Konfirmation von meiner Mutter und einigen Frauen aus unserer Verwandtschaft gebacken wurden. In den 60er Jahren trug man noch, nach alter Waldensertradition, allen Dorfbewohnern, die man gut kannte, eine Platte mit verschiedenen Kuchenstücken ins Haus. Dieses machte man immer am Samstag vor dem großen Fest. In der Woche davor, brachten uns viele Leute allerlei Backzutaten nach Hause. Meine Mutter stapelte sie säuberlich im kalten Flur. Margarine, Eier, Mehl, Dosen mit Früchten, alles was man zum Backen benötigte, war dabei. Durch diesen Zusammenhalt war es früher den armen Waldenserfamilien überhaupt möglich, ein Fest zu feiern.

Viele Jahre später verlor sich diese Tradition, meine eigenen Kinder brauchten keine Kuchen mehr im Dorf austragen und ich musste dadurch auch nicht mehr so viel backen wie meine Mutter damals. Nach meiner Konfirmation hat unser Vater das schöne Regal wieder abgebaut und für das Fest meines sieben Jahre jüngeren Bruders aufgehoben. Nun kehrte wieder der Alltag in der kleinen Waschküche ein. Großmutter machte ihren Träublesaft in der alten, handbetriebenen Wäscheschleuder, unsere geernteten Karotten wurden auf dem Betonboden ausgebreitet und mit dem Wasserschlauch gesäubert, bevor sie zu gleich großen Bündeln zusammen gefasst wurden. Die Kartoffeln für die Schweine wurden gekocht und wir Kinder bekamen unser samstägliches Bad in der Zinkwanne.

Dieser Rhythmus wiederholte sich über viele Jahre hinweg und Großmutters Waschküche ahnte nicht, dass ihr noch eine Glanzzeit bevorsteht.

Vieles hat sich in den nachfolgenden Jahren verändert, unsere Landwirtschaft wurde aufgegeben und die Tiere verkauft. Es gab nun kein Schlachtfest mehr in der Waschküche und sie wurde nicht mehr benützt, nachdem Großmutter zu ihrem Vater im Himmel heimgekehrt war.

Ungefähr 20 Jahre später, heiratete mein Bruder eine gelernte Kosmetikerin und mein Vater hatte in der Zwischenzeit einen Teil unserer Scheune zu einem gemütlichen Badezimmer umgebaut. Die nun leer stehende Waschküche, bot meiner Schwägerin die Gelegenheit, etwas schönes daraus zu machen. Mit viel Liebe zum Detail, bunter Wandfarbe, hübschen Vorhängen und Möbeln, verwandelte sie den tristen, kargen Raum, zu einem kleinen und feinen Kosmetikstudio. Die Besucherinnen gingen bald ein und aus und nahmen es gerne in Kauf, sich vor der niederen Eingangstüre zu bücken, um ins Innere des Raumes gelangen zu können. Sie wurden dafür mit einem ganz besonderen Flair und Wohlgefühl belohnt, den dieser verwandelte Raum ausstrahlte. Ein geschwungener Rahmen aus Holz, den mein Bruder hergestellt und um die Türe gebaut hatte, zierte bald den Eingang in das kleine Paradies.

Nach vielen, schönen Betriebsjahren, zog dann das kleine Studio ins neu gebaute Haus meines Bruders um und das Haus meiner Großmutter wurde von meinen Eltern, an eine, mir unbekannte Familie verkauft und ohne Umbau weiter genützt. Zu dem Zeitpunkt wohnte ich mit meiner Familie im schönen Allgäu. Oft habe ich mich gefragt, was die Käufer wohl aus Großmutters Waschküche gemacht haben und was sie wohl im betagten Alter noch erleben wird?

Inzwischen wohne ich wieder in Perouse und mein Weg führt mich oft an den zwei kleinen Kippfenstern mit den Metallsprossen vorbei. Jedes mal wird die Erinnerung an meine glückliche, zufriedene und bescheidene Kindheit wach und ich danke meinen leider verstorbenen Eltern noch heute dafür.

Inzwischen bin ich fünffache Großmutter, heute sagt man ja „Oma" dazu und ich werde meinen Enkeln sicher bald erzählen, was ich damals als Kind erlebt habe in der kleinen Waschküche, die sich in einen Kosmetiksalon verwandelte.

Herbstkind

Mein Blick fällt auf den bunten Kalender an meiner Wand und ich zähle nur noch wenige Tage bis zur jährlichen Sonnwende am 21. Juni. Obwohl es jetzt noch Sommer ist und meine Freunde und Bekannte ihre freie Zeit im Freibad, in der Eisdiele oder im Urlaub verbringen, beginnt für mich mit diesem Datum eine ganz besondere Zeit. Langsam und schleichend, sich über Wochen hinziehend und von meinen Mitmenschen noch gar nicht bemerkt, werden die Tage wieder kürzer und die Natur bereitet sich ganz von selbst auf meine liebste Jahreszeit, den Herbst vor. Die lauen Sommerabende gibt es nun nicht mehr, ein frischer Wind weht um die Häuser und die Blätter auf den Bäumen legen ihr buntes Kleid an. Überall darf nun geerntet werden, was im Frühjahr gesät und gepflanzt wurde. Eine heimelige, mich an die Kindheit erinnerte Stimmung macht sich breit, wenn dicke Nebelschwaden unser Dorf einhüllen und die Kinder mit ihren Laternen durch die Straßen ziehen. Keiner ahnt den Jubel in meinem Herzen beim Anblick solcher Bilder und ich habe auch noch niemand gefunden, der meine überschwängliche Freude an den nebligen, düsteren Herbsttagen mit mir teilt. Spätestens jetzt beginne ich mit einer Art „Nestbau" für den Winter. Ich schmücke unser Haus mit Herbstfrüchten, beklebe meine Fenster mit schönen Bildern und ich stelle an allen nur möglichen Plätzen im Haus duftende Kerzen und andere wohltuende Lichtquellen auf. Ja, ich bin ein „Herbstkind" mit Leib und Seele und ich habe auch eine Erklärung für dieses Phänomen: Als Sonntagskind wurde ich vor 58 Jahren an einem kalten Novembertag geboren. Der damalige Winter 1955/56 dauerte lange an und er war frostig kalt. Die Flüsse und Seen waren zugefroren und der Schiffsverkehr kam zum Erliegen. So kam es, dass mein Vater ganz verzweifelt auf die bestellte Lieferung Heizkohle warten musste, die dem neugeborenen Novemberkind eine warme Stube bereiten sollte. Es blieb ihm letztendlich nichts anderes übrig, als in mehreren Häusern unseres damals 500 Seelen Dorfes, um eine Handvoll wertvolle Heizkohle zu bitten. Vater tauschte dieselbe für ein paar Kilo Getreide aus unserer Landwirtschaft. In den darauf folgenden Jahren hatte mein Vater stets einen genügenden Vorrat an

Kohle im Haus. Wenn ich als junges Mädchen einmal nicht folgsam war, musste ich mir oft den nicht ernst gemeinten Spruch meiner Eltern anhören, der da hieß: „Wir hätten dich damals erfrieren lassen sollen!"

Als Tochter einer Bauernfamilie erlebte ich alle Jahreszeiten ganz intensiv. Es war ganz selbstverständlich, dass ich nach der Schule auf dem Feld, im Stall und im Haus mithalf. Vom Frühjahr, bis in den Herbst hinein gab es keinen Feierabend für meine Eltern. Wenn es draußen auf dem Feld dunkel wurde, ging die Arbeit Zuhause im Stall weiter. Ich musste mich um meinen kleinen Bruder kümmern und lernte schon frühzeitig, einen Haushalt in Ordnung zu halten. Erst wenn im Oktober das letzte Spitzkraut geerntet und die Futterrüben für die Tiere im Keller verstaut waren, begann für mich die Zeit, die ich als Kind das ganze Jahr herbeigesehnt hatte: Die Herbstzeit! Das bedeutete für mich in erster Linie, dass die Eltern wieder mehr Zeit für uns Kinder hatten. Daraus entstand wohl meine dauerhafte Liebe zu dieser grauen, düsteren Jahreszeit.

Im Oktober kamen unsere Eltern auf Grund der früh einsetzenden Dunkelheit zeitig vom Feld nach Hause. Das Feuer im Herd wurde angezündet und es gab wieder gemeinsame Mahlzeiten und gute Gespräche am Tisch. Nun durfte ich wieder nur Kind sein und die Verantwortung für meinen Bruder an die Mutter zurückgeben. Wie sehr hatte ich mich nach dieser heimeligen Zeit gesehnt, in der die Uhr irgendwie langsamer tickte. Auch meine Mutter konnte sich nun etwas ausruhen. Nachdem sie ihren Haushalt, der im Frühjahr und Sommer etwas zu kurz kam, wieder in Ordnung gebracht hatte, lud sie ab und zu ein paar Freundinnen, auch Bauersfrauen, zu einem Stricknachmittag ein. Dabei entstanden viele neue Kleider für meine Puppenkinder und Vater bekam wieder neue, selbstgestrickte Socken.

Ein Höhepunkt war mein Geburtstag im November, zu dem ich meine Freundinnen einladen durfte. Darauf war ich immer besonders stolz. Nicht allen Bauerkinder war ein solches Glück beschert. Wer im Sommer Geburtstag hatte, musste ohne Fest auskommen. Da gab es für die Eltern Arbeit von früh bis spät. Kein Kind hätte sich getraut, um eine Feier zu bitten. Trotzdem war die Kindheit auf dem Lande unvergesslich schön und niemand hätte mit den Stadtkindern tauschen wollen.

Bis heute gehören die gemütlichen Tage im Herbst, nach einem arbeitsreichen Sommer in meinem Garten, zu meinen schönsten Kindheitserinnerungen. Ob ich die dritte Jahreszeit wohl auch so schätzen und lieben würde, wenn ich als Kind in der Stadt groß geworden wäre, das kann mir keiner sagen. Deshalb freue ich mich jedes Jahr wieder aufs Neue auf den 21. Juni, den Tag der Sonnwende, der ein erster Schritt zum Herbst hin ist.

Drachen im Wind

Es war ein ungemütlicher Herbsttag im Oktober. Schon seit dem frühen Morgen wehte ein stürmischer Wind ums Haus und wirbelte das bunte Laub durch die schmalen Gassen unseres kleinen Dorfes. Mein alter Schreibtisch stand am Fenster, und nur allzu gerne ließ ich meinen Blick von dem Stapel unerledigter Arbeit hinaus ins Freie gleiten, um dem turbulenten Blätterwirbel zuzusehen.

Dort, auf der frisch gemähten Wiese, die sich von unserem Haus bis weit hinüber zum Waldrand zog, stand ein kleiner Junge mit seinem leuchtend gelben Drachen. Es war Paul, unser siebenjähriger Nachbarjunge. Verzweifelt mühte er sich schon eine gute halbe Stunde lang damit ab, dieses störrische Flugobjekt hoch hinauf in den Himmel zu schicken.

Ich konnte zusehen, wie der sonnengelbe Drachen immer wieder hart auf den Boden aufschlug und Paul ärgerlich mit dem Fuß aufstampfte. Bei jedem neuen Versuch, in immer schnellerem Tempo die Wiese entlangzurennen und den Drachen hinter sich herzuziehen, verwickelten sich die Drachenschnüre immer mehr ineinander, und ich ahnte, dass dieses Spiel nicht mehr allzu lange gut gehen würde. Paul tat mir Leid.

Da saß ich nun an meinem Schreibtisch, zwischen hochmodernen Rechnern und Schreibgeräten, und verbrachte meinen Tag mit zermürbender Kopfarbeit, während draußen an der frischen Luft, einem Kind so einfach zu helfen wäre. Wie von selbst rollte sich mein Bürostuhl nach hinten. Ich schlüpfte in meine Schuhe, nahm die Jacke vom Haken und rannte wie ein übermütiger großer Junge auf die Wiese zu Paul, der mir verwundert entgegenblickte. War das schön, diesem stickigen Bürozimmer entfliehen zu können!

Pauls Erstaunen darüber, dass sein erwachsener Nachbar ihm so wild entgegenrannte, wechselte sofort in helle Freude, als er erkannte, dass dieser Mann ihm helfen wollte.

So saßen wir beide nun Seite an Seite und entwirrten geduldig die Drachenschnur, während der Wind uns durchs Haar pfiff und man im nahen Wald die Bäume krachen hörte.

„Ich habe ihn selbst gebaut.", erzählte Paul seinem unerwarteten Helfer, „Mein großer Bruder hat mir dabei geholfen."

In Gedanken sah ich die beiden Geschwister vor mir, wie sie eifrig an ihrem Projekt gearbeitet hatten. Sie nahmen ein leuchtendes Segel, zwei stützende Stangen und einen bunten Schwanz und fügten die Teile harmonisch zusammen. Eigentlich ganz simpel. Man erkannte noch die groben Schnitte der Schere, und mit roten Filzstiften haben Kinderhände ein lachendes Gesicht auf die gelbe Fläche gemalt.

Gemeinsam einen Drachen zu bauen, was muss das für ein Erlebnis sein! In diesem Moment dachte ich an ein Lied von Udo Jürgens, in dem ein Sohn seinen Vater um genau dieses Erlebnis bittet. Warum nur faszinieren uns diese Himmelsstürmer so sehr? Ist es, weil wir uns selbst nicht so einfach vom Boden erheben und uns in die Lüfte schwingen können? Versuchen wir, an unserer Stelle einen Drachen fliegen zu lassen und damit dem Traum vom Fliegen und endloser Freiheit ein Stückchen näher zu kommen? Frei wie ein Vogel, nur durch eine dünnen Schnur mit der Erde verbunden? Ist das der Grund dafür, warum sich jeder Mensch, vom Kleinkind bis zum Großvater, an einem fliegenden Drachen erfreut?

„Mein Bruder hätte mich heute bestimmt begleitet, wenn er nicht die Grippe bekommen hätte. Jetzt liegt er im Bett und hustet.", erzählte Paul munter und riss mich dadurch aus meinen Gedanken.

Und dann begann auch ich zu erzählen. Ich erzählte Paul, dass die ersten Drachen, die es gab, aus China kamen, wo man schon im 6. Jahrhundert vor Christus Bambusstäbe mit einem bunten Seidentuch übersponnen und an einer Schnur fliegen lassen hatte. Die Leute haben damals gedacht, dass sie all ihre Wünsche und Bitten auf diesem Wege zu den Göttern tragen könnten. „Seide", erzählte ich weiter," ist natürlich ein ganz kostbarer Stoff gewesen, so dass nur die reichen Chinesen sich so einen Drachen bauen konnten. Später hat man dann das Papier erfunden. Einen Papierdrachen konnten sich auch die armen Menschen leisten, und so hat sich der Drachen schnell über die ganze Welt ausgebreitet. Bis zu uns nach Europa. Die Römer zum Beispiel, haben nach einer gewonnenen Schlacht bunt verzierte Windsäcke fliegen lassen, und so wie heute gab es auch damals schon Drachenfeste und Drachenvorführungen."

Paul hatte gespannt jedem Wort gelauscht und strich nun ehrfurchtsvoll über das kleine Meisterwerk zu seinen Füßen. Mittlerweile hatten wir die gesamte Schnur entwirrt und mit einem kräftigen Ruck warf ich den Drachen in die Luft, während Paul mit seinen kleinen Händen krampfhaft die Schnur umklammerte.

Den Kopf in den Nacken gelegt, verfolgten wir zwei den Höhenflug unseres sonnengelben Himmelsstürmers. Mit Freude sahen wir den wilden Kapriolen zu, die unser Drachen im Herbstwind vollführte. Unerwartet starke Windböen rissen ihn immer wieder in schwindelerregende Höhen, doch das ein oder andere Luftloch brachte ihn kurze Zeit später wieder dem Boden gefährlich nahe.

Ist unser Leben nicht auch vergleichbar mit einem Drachenflug? Immer wieder treiben uns motivierende Kräfte zu Höchstleistungen an und ermöglichen uns einen mühelosen Aufschwung. Nicht zu vermeiden sind allerdings auch windstille Momente in unserem Leben. In diesen Flauten will uns so gar nichts gelingen, es fällt uns schwer, den Höhenflug beizubehalten und wir fürchten jeden Augenblick einen unsanften Absturz.

In Gedanken versunken standen wir noch eine ganze Zeit lang nebeneinander auf der Wiese und waren dankbar und glücklich über den schönen Nachmittag, den wir miteinander erleben duften.

Erst jetzt bemerkten wir die einbrechende Dunkelheit und holten unseren gelben Freund vorsichtig vom Himmel herunter.

Hungrig und müde, den Drachen unter den Arm geklemmt, lief Paul an meiner Seite nach Hause zurück. Mit einem freundschaftlichen Klaps trennten sich kurz vor der Haustüre unsere Wege.

Ich habe es keine Sekunde lang bereut, mein tristes Büro gegen dieses luftige Abenteuer eingetauscht zu haben. Für einige Stunden durfte ich noch einmal so richtig Kind sein, bevor ich wieder als erwachsener Mann meiner Schreibtischtätigkeit nachgehen musste.

Loslassen

Beim Aufräumen meines Wohnzimmerschrankes, fielen mir die Photoalben meiner drei inzwischen erwachsenen Kinder in die Hände. Ich setzte mich auf die Couch und blätterte in Erinnerung schwelgend, eine Seite um die andere durch. Sorgsam hatte ich das Heranwachsen der Kinder dokumentiert. Von der Stunde ihrer Geburt an, bis zu dem Tag, an dem sie ihre Alben selbständig weiterführten und mit kleinen Texten und passenden Photos versahen.

Damals, vor 26 Jahren, als die Kinder noch klein und schutzbedürftig waren und ich von früh bis spät beschäftigt war mit Windeln wechseln, Flaschen richten, Ausfahrten, Arztbesuchen und vielem mehr, da dachte ich nicht daran, dass unsere Kinder nur eine Leihgabe sind, für eine aus meiner heutiger Sicht, relativ kurze Zeit. Mitten im Kleinkinderstress gelang es mir leider oft nicht, diese kostbare, unwiederbringliche Zeit richtig zu genießen. Erschöpft und übermüdet von vielen durchwachten Nächten, hatte ich oft den stillen Wunsch, die Kinder mögen doch endlich groß und selbständig sein und es würde mir wieder ein bisschen Zeit für mich selber bleiben.

Die Jahre vergingen, unsere Kinder wurden erwachsen, und nach vielen Jahren des gemeinsamen, fröhlichen Miteinanders in unserer fünfköpfigen Familie, begann ich zu ahnen, dass sich bald etwas gewaltiges verändern würde in meinem gewohnten, gut durchgeplanten Alltag als Frau und Mutter. Mein Arbeitsplatz, an dem ich so gerne wirkte, schien plötzlich in Gefahr zu sein. Unsere Kinder meisterten bewundernswert und selbständig ihr Leben und wir Eltern konnten stolz auf unsere Erziehungsarbeit sein. Monat für Monat gab es weniger für mich zu tun. Im Berufsleben würde man es "Kurzarbeit" nennen. Es tat sehr weh, plötzlich nicht mehr gebraucht zu werden. In dieser schmerzlichen, wenn auch ganz natürlichen Phase, begann ich im Nachbarort stundenweise bei der Nachbarschaftshilfe zu arbeiten. Dort konnte ich nun meine Kraft und Liebe einsetzen, die ich zuvor meinen Kindern geschenkt hatte. Die neue Tätigkeit war mir eine große Hilfe beim Loslassen meiner Kinder.

Wenn ich zurückblicke, dann bin ich sehr froh und dankbar, dass ich keinen einzigen Tag ihrer Entwicklung und ihres Heranwachsens versäumt habe. Als "Vollzeitmutter" war ich sehr gerne Zuhause. Die Kinder waren meine Erfüllung und meine Lebensaufgabe, die ich jeden Tag mit Freude und viel Liebe anpackte. Zu keiner Zeit trauerte ich meinem Beruf nach, den ich für die Erziehung meiner drei Kinder aufgegeben hatte.

Und nun war die Zeit gekommen, in der ich als beschützende "Mutterglucke" meine Flügel anheben musste, um die inzwischen groß gewordenen Kücken in die Freiheit zu entlassen.

Das Loslassen begann mit dem Auszug unseres 26 Jahre alten Sohnes. Bald darauf verließen seine zwei jüngeren Schwestern selbstbewusst und gut gerüstet für ein eigenständiges Leben das Elternhaus. Zurück blieben mein Mann und ich, sowie unsere elfjährige Schäferhündin Cora.

Mein Verstand sagte mir, dass die Ablösung unserer Kinder in diesem Alter völlig normal ist. Doch mein Herz und meine Seele litten sehr unter der Leere und erdrückenden Stille, die sich in unserem Haus breit machte. Die gut gemeinten Worte meiner Mutter und anderen

Menschen, die mir nahe standen, halfen mir zu diesem Zeitpunkt nicht. "Genieße es doch, dass du es nun besser hast, und nimm dir endlich etwas Zeit für dich!" meinten sie in allerbester Absicht.

Es gelang mir noch lange Zeit nicht, meine wiedergewonnene freie Zeit zu genießen. Am Anfang sah ich keinen Sinn mehr in meinem Dasein, und ich fragte mich täglich, was ich nun mit dem Rest meines Lebens anfangen soll. Zurück in meinen Beruf als Erzieherin wollte ich nach 26 Jahren "Babypause " nicht mehr. Natürlich hatte ich auch noch verschiedene andere Aufgaben, doch keine schenkte mir die tiefe Zufriedenheit und Erfüllung, die ich in all den Erziehungsjahren als Mutter von drei Kindern erlebt hatte. Zum Glück gab es noch meinen großen Garten, dem ich viel Zeit und Liebe schenkte. Auch ehrenamtliche Aufgaben halfen mir, über den Prozess des Loslassens hinwegzukommen. Von ärztlicher Seite wurde mir gesagt, dass viele Frauen nach dem Auszug ihrer Kinder eine "Sinnfindungskrise" hätten. Das heißt, dass man sich für die zweite Lebenshälfte eine Aufgabe oder ein Hobby suchen muss, das dem neuen, noch ungewohnten Lebensabschnitt zu zweit, alleine oder mit einem Freund an der Seite, wieder Struktur, Freude und Erfüllung schenkt.

Mit dem Loslassen kann auch viel Neues entstehen. Jede Krise ist auch eine Chance. Oft dauert es einige Zeit, bis man seinen Weg gefunden hat und Ja sagen kann zu den veränderten Lebensumständen.

Der Philosoph und Theologe Nikolaus von Kues sagte einmal:

"Eines ist so wichtig wie das andere:
Rechtzeitig zufassen,
und rechtzeitig loslassen können."

Wir dürfen den Menschen die wir lieben, keine Fesseln anlegen. Wenn wir sie von ganzem Herzen in die Freiheit entlassen, werden sie immer wieder gerne zu uns zurückkehren. Und mit Stolz können wir Mütter und auch die Väter mit ansehen, dass wir unsere Kinder zu selbständigen Menschen erzogen haben, die ihr Leben und ihre Zukunft nun eigenverantwortlich in die Hand nehmen.

Auch wenn das leere Haus am Anfang sehr weh tut, müssen wir uns ehrlich eingestehen, dass es uns auch nicht Recht wäre, wenn unsere Kinder das bequeme "Hotel Mama" bis zu unserem Tode genießen würden. In vielen Fällen wird eine Eltern-Kind Beziehung durch die räumliche Trennung sehr viel intensiver und glücklicher. Man sieht sich nicht mehr jeden Tag und die vielen Reibereien, die im engen Familienraum entstehen, bleiben aus. Eltern und Kinder freuen sich intensiver auf ein Wiedersehen in gesunden Abständen, oder bei Festen und Feiern. Beide Teile versuchen, die kostbare, gemeinsame Zeit nett zu gestalten und in Harmonie miteinander zu verbringen.

Es ist interessant, die Weiterentwicklung unserer Kinder mit räumlichem Abstand zu betrachten. Was haben sie aus unserer Erziehungsarbeit übernommen? Welche liebgewonnenen Rituale aus dem Elternhaus geben sie nun an ihre eigenen Kinder weiter? Ist es unseren Kindern wichtig, die Zuhause erlernten Tisch- und Dankgebete im eigenen Heim weiterzusprechen? Wir Eltern werden noch so manches mal angenehm überrascht werden. Auf jeden Fall sollten wir nun die eigene Lebensweise unserer Kinder akzeptieren, auch wenn uns nicht alles hundert Prozent daran gefällt. Behutsam und mit einer Portion Feingefühl dürfen wir unsere Erfahrungen und gute Ratschläge an die Kinder weitergeben und sie auch mit Taten unterstützen, sofern sie dieses von uns wollen.

Es wird immer mal wieder Zeiten geben, in denen ich mich nutzlos und arbeitslos fühle. Dann darf ich mir in Erinnerung rufen, dass ich in 26 Erziehungsjahren Großes und Wwertvolles geleistet habe und dass ich mich nun mit gutem Gewissen zurücklehnen und ausruhen darf.

Ich habe mit viel Liebe gesät und darf nun stolz auf die Früchte meiner Erziehungsarbeit blicken. Unsere Kinder haben beruflich und privat ihren eigenen Weg gefunden. Wir Eltern gaben ihnen das notwendige Rüstzeug mit auf den Weg. Mit dem Wissen, dass wir sie nicht verloren haben, dürfen wir sie getrost loslassen. Auch wenn wir nun räumlich voneinander getrennt sind, werden sie immer unsere Kinder bleiben. Und Zuhause werden sie jederzeit eine weit geöffnete Türe vorfinden, sowie Menschen die sie von Herzen lieben und willkommen heißen.

Eine Sechs vorne dran

Zehn Jahre lang hat sie mich nun treu durch Freud und Leid begleitet, war in Höhen und Tiefen an meiner Seite und ist mir in der langen Zeit fast schon wie eine vertraute Freundin geworden. Es handelt sich um die ausdrucksvolle Zahl 5, welche meine bisher gelebten Jahrzehnte angibt und noch 9 zusätzliche Lebensjahre hinten anhängt. Auf unzähligen Formularen habe ich sie niedergeschrieben und ich weiß nicht wie oft ich sie in den vergangenen zehn Jahren in den Mund genommen habe, wenn mich jemand nach meinem Alter gefragt hat. Nun will mich die vertraute 5 im kommenden November unwiderruflich verlassen. Es bleiben mir nur noch wenige Monate, um von ihr und von meinem vergangenen Lebensjahrzehnt Abschied zu nehmen. Ganz aufdringlich steht schon die Zahl 6 vor meiner Tür und kann es kaum erwarten, hereingelassen zu werden, um mich hoffentlich recht freundlich durch die nächsten 10 Jahre zu begleiten. Rückblickend kann ich sagen, mein bisheriges Leben war nicht immer so, wie ich es mir vorgestellt habe.

Doch ich bin dankbar für meine Gesundheit, den Zusammenhalt in unserer Familie, die netten Freundschaften und für alles Gute, das mir unser Vater im Himmel geschenkt hat.
Meine nächsten zehn, oder vielleicht gar zwanzig Jahre, so Gott will, werden nun etwas mühsamer werden und ich muss mich langsam mit

dem Gedanken vertraut machen, älter und irgend wann alt zu werden. Doch auch der Herbst des Lebens hat goldene Zeiten und es kommt immer auf meine Einstellung und die hoffentlich positiven Gedanken an, wie ich mein Leben dem laufenden Prozess des älter werdens anpasse und es dementsprechend gestalte. Ich werde mir irgendwann die Frage stellen müssen, was mir noch wichtig und wertvoll ist, in der mir unbekannten, verbleibenden Lebenszeit? Was möchte ich unbedingt noch tun und erleben? Wen möchte ich noch besuchen und wohin möchte ich noch gerne verreisen? Welche Spuren möchte ich hinterlassen, wenn ich einmal nicht mehr da bin und was für Lebenserfahrungen möchte ich zu Lebzeiten an meine Kinder weitergeben, damit sie daraus lernen können und nicht dieselben Fehler machen, wie ich sie oft reuevoll gemacht habe. Ganz wichtig sind mir meine Enkelkinder, an ihnen möchte ich mich erfreuen und sie gerne aufwachsen sehen. Ich will Ihnen, solange es mir gut geht, eine phantasievolle, liebevolle Oma sein, zu der sie gerne kommen und die so manches erlauben darf, was es Zuhause bei den Eltern nicht gibt. Sofern ich gesund bleibe wird es mir im Alter sicher nicht langweilig werden und nur mein kritischer Blick in den Spiegel wird mir ab und zu zeigen, dass ich keinen Schönheitswettbewerb mehr gewinnen kann und sich zu meinen Lachfalten auch deutlich sichtbar die Altersfalten gebildet haben.

Eines aber spüre ich ganz deutlich: „In meinem Herzen bin ich noch jung geblieben und meine Ausstrahlung, die man mir schon als kleines Mädchen nachgesagt hat, zeigt auch heute noch ihre Wirkung. Und für die paar Zipperlein und Wehwehchen die ich allmählich im Alltag so spüre, bin ich manchmal sogar dankbar. Sie erinnern mich, dass ich wieder einmal über meine Kräfte gearbeitet und gelebt habe und mich besser um meinen Körper kümmern muss. Ich will mich wieder mehr bewegen, mehr Sport treiben und ausreichend schlafen, damit ich gesund und fit bleibe. Vor allem möchte ich liebevoll mit mir umgehen und mir auch verzeihen können, wenn ich für meine Arbeit und für meine Aufgaben etwas länger brauche als früher. Es ist wichtig, dass ich mich mit zunehmendem Alter nicht einfach gehen lasse, sondern selbstbewusst in den Spiegel schaue und mich so annehme, wie ich heute aussehe. Vielleicht gelingt es mir auch, vor dem Spiegel freudig zu sagen:„Ich danke dir Gott, für die 60 schönen Jahre, die Du mir geschenkt hast und von denen ich kein einziges missen möchte. Wenn ich auf die Signale meines Körpers achte und gleichzeitig meine Seele pflege, fühle ich mich auch im Alter noch wohl und oft sogar noch belastbarer und attraktiver als in jungen Jahren. Inzwischen bin ich reifer geworden, ruhiger und gelassener und das strahle ich auf meine Mitmenschen aus, die mich oft darum beneiden. Glücklicherweise gibt es heutzutage jugendliche und farbenfrische Kleidung für uns jüngere und ältere Senioren zu kaufen, darin fühle ich mich wohl und ich gehe gerne unter die Leute und freue mich über jedes Kompliment das mir ehrlich zugesprochen wird. Ich achte, ohne dabei hungern zu müssen, auf eine gesunde, ausgewogene Ernährung und somit auch auf mein Gewicht, das mir meine Waage unbarmherzig anzeigt, wenn ich einmal wieder über die Stränge geschlagen habe und mein Heißhunger auf etwas Süßes nicht zu bremsen war. Im Laufe des älter werdens, wird der Stoffwechsel verlangsamt und ich muss meine Essgewohnheiten danach richten.

Wenn ich als Seniorin sorgenfrei leben möchte, muss ich mir auch überlegen, ob ich für meine Altesvorsorge ausreichend gesorgt habe? Am besten, ich lass mich gut beraten, welche Pflegeversicherungen für mich wirklich sinnvoll und notwendig sind. Ich muss nicht jedes Angebot annehmen, sonst kann es leicht geschehen, dass ich vor lauter Sorge für Morgen, kein Geld mehr habe um im Heute zu leben.

Jedenfalls bin ich so alt wie ich mich fühle und ich freue mich an dem, was ich noch alles kann und denke immer weniger an das, was nun altersmäßig nicht mehr geht. Und ich habe festgestellt, dass es mir nicht gut tut, wenn ich mich mit anderen Frauen in meinem Alter vergleiche. Das macht mich nur unzufrieden und bringt mir am Ende gar nichts. Aber ich darf so manche Altersgenossin bewundern, die mir positiv auffällt. Das bringt mich vorwärts und macht mir Mut, immer wieder aufs Neue zu mir und meinen sicht- und fühlbaren Altersanzeichen und Schwächen zu stehen. So wie eine Frau aus meinem Bekanntenkreis! Sie trägt im Sommer gerne Ärmellose T - Shirts, obwohl ihre Oberarme nicht mehr schön straff sind. Auch ihre Haare sind glanzlos und grau, völlig naturbelassen und die paar Falten im Gesicht scheint sie kaum zu bemerken. Aber diese Frau strahlt etwas aus, um das sie alle anderen Frauen beneiden. Es sind ihre inneren Werte, die sie so anziehend machen für ihre Mitmenschen. Ihre warmherzige, hilfsbereite und vertrauenswürdige Wesensart, die ihr auch erhalten bleibt, wenn der Körper langsam altert. Unsere innere Ausstrahlung, das Licht in uns, macht uns zu einem wirklich schönen Menschen, auch im Alter. Deshalb müssen wir unsere Erscheinung nicht mit Gewalt auf Jung machen, müssen nicht viel Geld ausgeben für all die vielversprechenden Mittel und Methoden die uns künstlich jung wirken lassen. So manche ältere Frau braucht nun etwas länger um sich zum Ausgehen fertig zu machen, aber sie darf sich sicher sein, dass sie einfach mit ihrem „da sein", so wie sie wirkt und einzigartig geschaffen wurde, von vielen ihrer Mitmenschen geachtet und geliebt wird. Niemand braucht sich vor Gott, noch seinen Mitmenschen verstellen um besser oder schöner zu wirken. Diese Aussage ist sicher eine Entlastung für alle älteren Menschen, die sich noch schwer tun, ihre äußeren und inneren Veränderungen, die das Alter mit sich bringt annehmen zu können.

Wichtig ist vor allem, egal ob wir nun zur jüngeren, oder älteren Generation zählen, dass wir versuchen, im Hier und Jetzt zu leben. Heute kann ich meinen Tag nach meinen Wünschen gestalten, was mir der morgige Tag und die Zukunft bringen mag, das weiß ich nicht und ich schaffe mir nur schlaflose Nächte, wenn ich ständig daran denke. Ich kann nicht alles im Griff haben, aber ich muss lernen, loszulassen und meine Sorgen und Nöte dem abzugeben, der um mein Leben weiß und dem ich vertrauen kann.

Mit dieser schönen und beruhigenden Aussicht, kann ich im November getrost meinen 60sten Geburtstag feiern. Das große Familienfest findet dann erst 9 Monate später statt, wenn mein Mann dann ebenfalls seinen runden 60er Geburtstag feiern darf. Das ist ein Grund zur Freude und um Danke zu sagen, für die vergangenen 6 Jahrzehnte, die wir bei guter Gesundheit gestalten und erleben durften.

Ich schließe mit einem weisen Spruch, den ich vor einiger Zeit gelesen habe:

> Alt werden möchte jeder,
> aber alt sein will niemand.

Die Enkelwoche

Normalerweise haben mein Mann und ich einen Enkeltag in der Woche. Immer Montags holen wir die drei Kinder unseres Sohnes und unserer Schwiegertochter, die zwei Ortschaften von uns entfernt wohnen, um 13 Uhr von der dortigen Kita und dem Kindergarten ab. Freudig werden wir von den kleinen Zwergen begrüßt und ab geht es in unseren geräumigen VW Bus, in dem schon Lissi, unsere kleine Mischlingshündin, auf ihre kleinen Freunde wartet. In Perouse, unserem Wohnort angekommen, gibt es ein leckeres Wunsch Mittagessen bei Oma und Opa und anschließend, je nach Wetterlage, ein vorher gut ausgetüfteltes Enkelbespassungsprogramm. Das macht uns allen viel Freude, ist aber auch recht anstrengend für uns Großeltern, die wir nun doch schon einige erfüllte Jahre auf dem Buckel haben.

So gegen 19 Uhr werden die Kinder wieder von ihren Eltern abgeholt und wir sind jedes mal froh und dankbar, wenn wir unsere, uns anvertrauten Schützlinge, wieder gesund und munter nach Hause entlassen können. Und jedes mal stellen wir fest, dass es von der Natur weislich eingerichtet wurde, dass man seine Kinder in jungen Jahren zur Welt bringt, um sie mit Kraft, Geduld, Liebe und fast unermüdlichem Einsatz zu begleiten und beschützen, bis sie eines Tages flügge werden und ihr Leben nun auch ohne die Eltern selbstständig meistern können.

Es sollte nicht bei einem Enkeltag in der Woche bleiben. Vor einiger Zeit standen wir Großeltern wieder vor einer neuen Herausforderung. Unser ältestes Enkelkind, das mit sieben Jahren gerade eingeschult wurde und mit seiner Familie in der Nähe von Heidenheim wohnt, hatte sich gewünscht, in den Schulferien, eine Woche Urlaub bei Oma und Opa im Schwabenland zu machen. Das erste mal ohne die Begleitung von ihrer Mama, dem Papa und ihrer kleinen Schwester. Also ganze 150 Km von ihrem Zuhause entfernt und ohne die Möglichkeit, bei plötzlich auftretendem Heimweh, ganz schnell wieder nach Hause gehen zu können. Ein mutiges kleines Mädchen ist das Kind unserer Tochter, dachte ich mir und natürlich wollten wir ihr, wenn möglich, diesen Wunsch erfüllen.

Normalerweise ist das für Großeltern ja auch kein Problem. Doch für mich, die Oma, war es wirklich eines. Nachdem ich, seit einem traumatischen Erlebnis in jungen Jahren, bei besonderen Anlässen mit Ängsten und Schlafstörungen zu kämpfen habe, konnte ich mir diese ganze Woche „Ausnahmezustand" zuerst überhaupt nicht vorstellen. Ich wollte mir aber auch nicht die Chance auf ein vielleicht positives Erlebnis in dieser Ferienwoche wegnehmen. Vielleicht läuft ja alles viel besser als ich es mir in meiner ängstlichen Vorstellung ausgemalt habe.

Mit Gottes Hilfe und dem Einsatz meines Mannes und ein paar Medikamenten wollte ich es wagen. Eine gute Freundin, die mich ab und zu bei meinen Spaziergängen mit dem Hund begleitet, gab mir noch einen sehr hilfreichen Rat, der für mich eine Art Richtschnur für die ganze Enkelwoche war. Sie meinte: „Es reicht, wenn Du einfach nur da bist mit Deiner Gegenwart, mehr braucht und verlangt Deine

Enkeltochter nicht von Dir. Du musst keine besonderen Leistungen vollbringen und darfst auch mal müde und unausgeschlafen sein. Das Kind wird sich trotzdem bei Dir wohl fühlen und Dich mögen. Einfach so, wie Du gerade drauf bist."

Ihre Worte waren Balsam für meine Seele und siehe da, es lief alles viel besser, als ich es mir vorgestellt hatte. Wie wertvoll war doch diese neue Erfahrung für mich! Gott verlieh mir sogar als zusätzliche Gabe viel mehr Kraft als ich erwartet und gebraucht hätte und somit waren mir sehr viel mehr Unternehmungen mit unserem Enkelkind möglich. Wie dankbar war ich doch nach jedem Tag, der mir an Stelle von Angst, nur Freude und Erfüllung gebracht hatte.

Wir konnten vergnügt Schlitten fahren, haben in der warmen Stube ein farblich wunderschönes, 500 teiliges Puzzle mit „Arche Noah" Motiv zusammen gemacht und sämtliche Spielplätze in der Umgebung erkundet und ausprobiert. Die Ferientage reichten auch noch für kunstvolle Origami Faltarbeiten, schöne Spaziergänge mit unserem Hund und hingebungsvollem spielen mit der Playmobil Badelandschaft und unserem nett eingerichteten Puppenhaus.

Wir ließen jeden Tag gemütlich angehen und saßen nach dem Frühstück oft noch lange in den Schlafanzügen am Tisch um selbstvergessen an unserem angefangenen Puzzle weiter zu machen.

Es war eine kostbare und bereichernde Woche mit unserer, uns oft zum Lachen bringenden Enkeltochter, die jeden Morgen pünktlich um 6 Uhr 30 vor unserem Bett stand und gespannt darauf wartete, was der neue Tag ihr bringen wird, bzw. was Oma und Opa sich ausgedacht haben. Das frühe Aufstehen und die unendlich vielen Worte, die man an so einem langen Tag mit einem aufgeweckten, jungen Menschenkind reden muss, das waren wir echt nicht mehr gewohnt und wir waren am Abend ziemlich platt und freuten uns über ein paar erholsame Stunden in der Nacht.

Sehr viele Dankgebete habe ich in dieser Woche zum Himmel geschickt: „Danke, lieber Gott, für alle Bewahrung, für die Kraft und den ausreichenden Schlaf, den Du mir entgegen aller meiner Befürchtungen, in diesen Tagen geschenkt hast. Du hast mir gezeigt, dass es oft ganz anders und viel besser kommt, als ich es mir vorgestellt habe."

Am Samstagabend holte unsere Tochter ihr Ferienkind wieder bei uns ab. Ich hätte also am Sonntagmorgen schön ausschlafen und die Wohnung aufräumen können. Statt dessen zog es mich mit aller Macht und großer Freude in unsere kleine Waldenserkirche. Dort wollte ich im stillen Gebet einfach noch einmal zusätzlich „Danke" sagen, für die heilsame und spürbare Nähe Gottes, die ich in dieser Enkelwoche erleben durfte. Ob ich wohl ohne meine Probleme dieselbe tiefe Dankbarkeit gespürt hätte? Ich glaube es nicht.

Nun kann ich zu einer weiteren Urlaubsanfrage eines Enkelkindes mit gutem Gefühl und leichterem Herzen „Ja" sagen.

Weingläser in der Puppenstube

Die Weihnachtszeit gehört zu den schönsten Erinnerungen, die ich an meine Kindheit in den 50er und 60er Jahren habe. Den größten Teil meiner kindlichen Glückseligkeit machte meine Puppenstube aus.

Von meinem Döte (Patenonkel), der von Beruf Maler war, wurde sie liebevoll selber gebaut und mit schönen Tapeten versehen. Meine Mutter nähte noch hübsche Vorhänge dazu, damit wurde der kleinen Puppenwohnung noch zusätzlich Gemütlichkeit verliehen.

Nur drei Räume hatte das gute Stück: Eine Küche, ein Wohnzimmer und ein Schlafzimmer. Das reichte aus, um meine grenzenlosen Spielideen umzusetzen und meiner lebhaften Phantasie freien Lauf zu lassen. Viele Stunden am Tag saß ich auf meinem kleinen Stuhl vor der Puppenwohnung und vergaß dabei Zeit und Raum.

Die beste Zeit zum Spielen war der Abend, wenn es draußen dunkel wurde. Dann waren meine Eltern im Stall beim Melken der Kühe und die restlichen Tiere unseres Bauernhofes zu versorgen. Außerdem war um diese Zeit mein sieben Jahre jüngerer Bruder bereits im Bett. Ab jetzt gehörte das ganze Wohnzimmer mir alleine. Ich löschte das helle Licht der Deckenlampe und beleuchtete nur meine drei Puppenstubenzimmer. Mein Vater hatte mir dafür kleine Lampen und winzige Lichtschalter in den Räumen installiert. Dieser Anblick war ein Fest für mich, ein unbeschreiblicher Jubel in meiner kleinen Kinderseele. So etwas vergisst man einfach nie mehr.

Und erst, wenn alle meine Puppenkinder versorgt waren und jedes einzelne in seinem Bett lag konnte auch ich in Ruhe schlafen gehen.

In meiner Puppenstube gab es unzählige kleine Bewohner, denen ich ganz verschiedene Rollen zugeteilt hatte. Auch wertvolle Schildkröt-Püppchen waren dabei, die heute gut geschützt und hoch geehrt in meiner Glasvitrine sitzen.

Eine Besonderheit war auch das winzig kleine Puppengeschirr, in zarten Pastellfarben, das ich besaß. Die Teigwarenfirma Funck hatte sich damals etwas ganz tolles für uns Puppenmütter einfallen lassen: In jeder gekauften Nudelpackung versteckte sich ein kleines Geschirrteil. Darunter waren Teller, Tassen, Besteck, Butterdöschen,

Milchkännchen und vieles mehr. Daraus ergabt sich automatisch, dass sich unsere Familie vorwiegend von Nudeln ernähren musste.

Drei Begebenheiten in der heimeligen Weihnachtszeit haben allerdings mein Puppenstubenglück ziemlich eingetrübt. Und das wiederholte sich jedes Jahr so. Zum Einen war da mein kleiner Bruder, den ich nicht ständig im Auge behalten konnte. Ich wollte doch im Winter so gerne ab und zu mit meinen Freundinnen zum Schlittenfahren gehen. Damals gab es noch richtig tolle Winter mit viel Schnee und Kälte. Mein Ausflug in die weiße Pracht hatte jedes Mal Folgen, die ich nur schwer verschmerzen konnte. In meiner zuvor sorgsam aufgeräumten Puppenstube herrschte bei meiner Rückkehr das totale Chaos! Mein Bruder war am Werk und nichts war hinterher mehr an seinem Platz. Als folgsames Kind getraute ich mir damals nicht, meiner Mutter diesbezüglich Vorwürfe zu machen und sie aufzufordern besser auf den kleinen Bruder aufzupassen.

Sie ahnte wohl nicht, wie unglücklich mich dieser "Eingriff" in meine heile Puppenwelt machte.

Und dann waren da noch die Onkels und Tanten in großer Zahl, die sich jedes Jahr zur Weihnachtszeit in unserer kleinen Wohnstube einfanden. Mit einem Christbaum, einer Puppenstube und Eisenbahn, sowie einem Tisch mit Stühlen und einem Sofa, war die gute Stube proppenvoll. Wer am Tisch keinen Platz mehr fand, saß auf dem Sofa und das waren leider meistens die Männer. Und die wussten nichts besseres, als ihre vollen Weingläser in den verschiedenen Räumen meiner kleinen Puppenwelt abzustellen. Oh was stand ich da für Ängste aus und stellte mir vor, was passieren würde, wenn eines der Gläser umfällt und sich die rote Weinflüssigkeit über meine Puppenbetten oder sonst wohin ergießt. Das waren Stunden der absoluten Wachsamkeit und Anspannung für mich. Auch da war ich viel zu brav und ängstlich, als dass ich mich getraut hätte, meinen Unmut zu äußern.

Ich bin mir sicher, das würde den heutigen Kindern nicht passieren.

In wehmütiger Erinnerung ist mir auch geblieben, und ich kann es bis heute nicht verstehen, warum ich meine geliebte Puppenstube schon 14 Tagen nach Weihnachten wieder wegräumen musste. Der lange Winter hätte doch noch so viele schöne Spieltage für mich bereit gehalten. Nun stand mein bestes Stück elf Monate lang unbenützt auf unserer Bühne und ich sehnte mich so oft nach ihr. Ein Grund für das schnelle Wegräumen war unter anderem Mutters Geburtstag am 7. Januar. Dafür musste Platz geschafft werden in unserer beengten Stube. Auch der Christbaum wurde zu diesem Datum abgebaut. Vater warf ihn durch das weit geöffnete Stubenfenster aus dem Haus. Wie herzlos! Aber er besaß zu diesem Zeitpunkt keine einzige Nadel mehr. Eine Fichte hatten keine Überlebenschance in unserer mit Holz und Briketts beheizten Stube.

Mit dem Wegräumen meiner Puppenwohnung und des Christbaumes war das Weihnachtsfest beendet. Zum Glück gab es aber für mich als Landkind noch viele weitere Glücksmomente, die sich über das ganze Jahr verteilten. Aber das Beste war doch die Vorfreude auf die nächste Weihnachtszeit mit meiner Puppenstube.

Terpentin- und Tannenduft

Wie habe ich mich gefreut, dass es mir auch am Weihnachtsfest 2019 gelungen ist, unsere inzwischen große Familie unter einen Hut zu bringen. Das wurde jedes Jahr schwieriger, denn ein Teil unserer Kinder und Schwiegerkinder arbeiten im Schichtdienst und da fallen auch oft Wochenenden, oder Sonn- und Feiertage darunter.

Nun hatten wir den ersten Weihnachtsfeiertag ausgewählt und freuten uns alle auf ein Wiedersehen. WIR, das waren zehn Erwachsene, fünf Kinder im Alter zwischen sieben Monaten und sechs Jahren, sowie noch die drei Schäferhunde unserer Tochter und unsere Mischlingshündin „Lissi".

Früher hätte ich die Hände über dem Kopf zusammen geschlagen beim Gedanken, dass diese ganze Meute meine saubere, aufgeräumte Wohnung in ein Chaos verwandeln wird. Heute im Seniorenalter bin ich wesentlich gelassener geworden und freue mich einfach, dass wir alle gesund sind, uns gut verstehen und vielleicht noch sehr lange Zeit an dieses Zusammentreffen unter unserem Christbaum denken würden. Das sicher nötige Putzen und Aufräumen, würde ich nach dem Fest schon schaffen. Es muss ja nicht alles an einem Tag gemacht sein, dachte ich ganz gelassen.

Natürlich muss so eine gemeinsame Zusammenkunft gut vorbereitet sein. Ich wollte ja nicht die ganze Zeit in der Küche stehen und das Wesentliche versäumen. Wie gut ist es doch, dass heute fast jeder eine Gefriertruhe oder einen Gefrierschrank hat, das macht die Vorbereitungen um vieles leichter und entspannter. Somit konnte ich meine zwei Kilo Rollbraten samt Soße, fix und fertig machen und einfrieren. Dasselbe machte ich mit dem Rotkraut und den Semmelknödeln. Das Gefühl, nur noch die breiten Nudeln frisch abkochen zu müssen, war einfach herrlich und zutiefst beruhigend. Die Erfahrung, dass es doch eine Herausforderung war, alles gleichzeitig auf meinen bescheidenen vier Herdplatten vor dem Servieren heiß zu machen, die habe ich dann erst am ersten Weihnachtsfeiertag gemacht.

Da kam ich dann doch noch ein wenig ins Schwitzen. Den Nachtisch, einen Schokoladenbrunnen, hatte dann meine Tochter noch mitgebracht. Und der machte dem Namen „Brunnen" alle Ehre. Von oben, aus einer Schale, tropfte flüssig erwärmte Schokolade in einen Teller der darunter stand und jeder konnte klein geschnittene Obststücke darunter halten und genüsslich zum Mund führen.

Ich war nur damit beschäftigt, eine immer dicker werdende Lage Servietten um den Brunnen zu legen, um die eh schon sehr in Mitleidenschaft gezogene Weihnachtstischdecke noch einigermaßen zu retten. Es hätte doch sicher noch eine große Auswahl anderer Nachtische gegeben. Allmählich bekam ich Zweifel an meiner großzügigen Einladung.

Es war trotzdem ein schönes Fest und wir haben nicht nur gegessen. Anschließend wurde noch musiziert, gesungen, vorgelesen und natürlich die von den Kindern sehnsüchtig erwartete Bescherung gemacht. Auch die Hunde waren zufrieden, als sie ihre in Weihnachtspapier eingewickelten Knochen ausgepackt hatten und nun eine ganze Weile damit beschäftigt waren.

Danach saßen wir Erwachsene noch ganz gemütlich bei einem Glas Wein und Knabberzeug um den Tisch herum und freuten uns, dass die Kinder so friedvoll und ruhig, miteinander, in meinem extra eingerichteten Enkelzimmer spielten. Man hörte sie lachen und reden, alles schien in bester Ordnung zu sein, warum sollten wir Erwachsenen sie jetzt stören. Überhaupt hatte ich bevor der Besuch kam, das Enkelzimmer nochmals gründlich kontrolliert, um eventuelle Gefahrenquellen wie z.B. Scheren usw. beseitigen zu können. Darum konnten wir die kleine Schar nun ungestört spielen lassen.

Irgendwann, zu vorgerückter Stunde, erhob sich unsere älteste Tochter dann doch von ihrem Stuhl, um nach den Kindern zu sehen. Von weitem hörten wir, wie sie plötzlich „Du liebe Güte" schrie und mir wurde es entsetzlich flau im Magen. Sie eilte zu uns zurück mit der Nachricht, die Kinder hätten das komplette Badezimmer, das direkt neben dem Enkelzimmer liegt, mit Wachsmalstiften und Buntstiften bemalt. Auch die weißen Unterschränke, unter den Waschbecken, blieben nicht verschont.

Meine Reaktion darauf, kann ich bis zum heutigen Tag nicht verstehen, sie ist und bleibt mir ein Rätsel. Aber sie hat mir viel geholfen und ich bin unglaublich dankbar dafür.

Jedenfalls war es so, als hätte ich ein doppelseitiges Klebeband an meinem Hintern gehabt, das mich auf meinem Stuhl festhielt. Wie angewurzelt blieb ich sitzen und alle haben wohl erwartet, dass ich entsetzt aufspringe und hysterisch Richtung Badezimmer renne. Hätte ich das getan, dann wäre ich sicher weinend am Ort des Geschehens gestanden, hätte alle beteiligten Enkel angeschrien und das so schön begonnene Weihnachtstreffen hätte ein jähes Ende genommen.

Noch immer saß ich regungslos auf meinem Stuhl und die Kinder wurden inzwischen zu mir hergeschickt um sich zu entschuldigen. In dem Moment kam mir meine Ausbildung zur Erzieherin sehr zugute.

Mit ruhiger, aber sehr gebrochener Stimme und dem dazu passenden Gesichtsausdruck sagte ich den Enkeln, wie traurig es für die Oma ist, dass ihr Bad nun ganz hässlich aussieht und sie am liebsten gar nicht mehr dort hinein gehen würde. Ich sagte ihnen auch, wieviel Mühe sich meine älteste Tochter gemacht hätte, um unser Bad vor Jahren mit ihrem damaligen Freund, so farbenfroh zu gestalten. Richtig frisch und fröhlich sah der Raum aus und wir hielten uns gerne darin auf.

Die kleinen Rabauken hörten mir mit weit aufgerissenen Augen zu und waren sichtbar beeindruckt von meiner Rede und meiner deutlich gezeigten Traurigkeit. Mit Schimpfen hätte ich nicht mehr erreichen können!

Selbstverständlich bekam ich von ihnen auch zu hören: „ Der oder die hat aber damit angefangen und ich habe nur mitgemacht, weil ich kein Feigling sein wollte." Tränen der Reue und des Mitleids mit mir, sind auch geflossen aber es war nun eben nicht mehr rückgängig zu machen.

Nun ging alles sehr schnell. Die Kinder und Schwiegerkinder standen von ihren Stühlen auf und im Minutentakt flogen mir Fragen, wie z.B. „ Wo hat es Gummihandschuhe, wo Bürsten und Lappen und wo gibt es Terpentin im Haus?" um die Ohren.

Die Fenster wurden trotz winterlicher Kälte weit aufgerissen, denn niemand wollte gerne den strengen, nicht unschädlichen Duft des Reinigungsmittels einatmen. Ganz schnell vermischten sich der Terpentin und Tannennadelduft miteinander und die immer kälter werdende Raumtemperatur setzte unserer Weihnachtsstimmung ein unvermeidbares Ende. Eine unserer Töchter wollte eigentlich noch mit ihrer Familie an diesem Abend nach Bayern weiterfahren zu den anderen Großeltern. Das verzögerte sich nun sehr, nachdem um 22 Uhr noch kein Ende der Putzaktion abzusehen war. Und ich saß immer noch auf meinem Stuhl am festlich gedeckten Tisch. Es war wirklich kaum zu glauben, aber ich konnte einfach nicht aufstehen. Ob das wohl ein Schock war oder einfach nur Eigenschutz, das kann ich nicht mehr sagen. Erst als die übermüdete Putztruppe mit der Meldung, man könne nun nichts mehr machen, sauberer ging es nicht, auf mich zu kam, schaute ich mir unser Badezimmer an.

Bis auf eine Wand, die absolut nicht mehr zu retten war, hat alles wieder ganz brauchbar ausgesehen.

Nach den Feiertagen fuhr mein Mann zum Baumarkt und kaufte Farbe für die verschmutzte Wand. Um diesen zarten Blauton wieder herzustellen brauchte mein Mann länger wie zum Streichen der Wand selber.

Wenn ich heute an diesen Weihnachtsabend zurückdenke, dann fällt mir immer zuerst das gefühlte, doppelseitige Klebeband ein, das ich noch immer an meinem Hintern spüre. Es hat mich vor ganz unkontrolierten Gefühlsausbrüchen bewahrt, die ich zu einem späteren Zeitpunkt mit Sicherheit sehr bereut hätte. Es war nicht schön, und es hätte nicht sein müssen, was an diesem Weihnachtsabend geschah, aber es gibt so viel schlimmeres auf unserer Welt, das muss ich immer wieder feststellen und dabei in großer Dankbarkeit an unsere gesunde Großfamilie denken, die einander herzlich zugetan ist.

Heißer Tee für kalte Hände

Es war ein klirrend kalter Sonntagabend, als ich Anfang Februar 2021, mit Wollesocken und in eine warme Decke gehüllt, mit meinem Mann im Wohnzimmer auf der Couch saß und im Fernseher die neuesten Nachrichten anschaute.

Der Sprecher, der den Wetterbericht moderierte meinte, wir müssten uns warm anziehen. Der Nachtfrost von - 15 Grad C, bliebe uns die ganze kommende Woche noch erhalten und könne sogar bis - 20 Grad C abfallen. Auch bei Tage würde der Thermometer keine Plusgrade mehr erreichen.

Ich erhob mich von der Couch und goss mir in der Küche einen schönen, heißen Kräutertee ein. Was soll's, dachte ich mir; solange wir eine mollig warme Stube haben, kann uns diese extreme Kälte nichts anhaben. Doch dann schweiften meine Gedanken ab und ich war plötzlich bei den vielen Obdachlosen, für die diese Temperaturen tödlich sein können und die in ihren Schlafsäcken oft gar nicht bemerken, dass sie am Erfrieren sind. Hier in unserem kleinen Dorf, weit weg von den nächsten Großstädten in denen sich die Wohnsitzlosen Menschen meistens aufhalten, konnte ich ihnen nicht helfen. Das tat mir so leid, ich wollte doch etwas Gutes tun, als Dank dafür, dass ich ein warmes und geborgenes Zuhause habe und keine Not leiden muss.

Ich weiß nicht mehr, warum ich mit meiner heißen Tasse Tee in der Hand, plötzlich an unseren Zeitungsausträger denken musste? Jede Nacht so gegen drei Uhr beginnt er mit seiner Arbeit und macht seine Runde durch unser 1200 Einwohner Seelendorf. Allen Bewohnern, die unsere Kreiszeitung abonniert haben, steckt er pflichtbewusst die neuesten Nachrichten in den Briefkasten. Ganz selbstverständlich haben wir dann diese zum Frühstück auf unserem Tisch liegen und können gut informiert, unseren Alltag beginnen. Wohl kaum einer macht sich Gedanken darüber, wieviel Mühe hinter diesem Luxus steckt. Die einzige Anerkennung für seine Arbeit das ganze Jahr über, bekommt der Zeitungsausträger von den meisten Mitbürgern zum Weihnachtsfest. Sie besteht aus einem kleinen Gruß vor der Haustür, der ein Geld- oder Schokoladengeschenk enthält.

Blitzartig schoss es mir durch den Kopf: Unserem fleißigen Zeitungsausträger will ich heute Nacht etwas Gutes tun!!! Dabei stellte ich mir vor, wie er sich jede Nacht, mit wenigen Stunden Schlaf aus dem warmen Bett quält und sich gut überlegt, wieviele Schichten an Kleidern er wohl übereinander anziehen soll, damit das Austragen der Zeitung erträglich bleibt.

Kurz entschlossen holte ich eine Thermoskanne aus dem Schrank, in die zwei große Tassen heiße Flüssigkeit passte. Ich befüllte sie mit einem wohlriechenden Früchtetee und suchte noch nach einem geeigneten Becher, an dem man sich nach dem Eingießen des Tees die Hände wärmen kann, ohne sie dabei zu verbrennen.

Wortlos kann ich diese Sachen aber nicht vor die Haustüre stellen, soviel war mir klar.

Also musste noch ein Zettel her, den ich mit folgenden Worten beschrieb:

„Lieber Zeitungsausträger, vielen Dank für Ihre zuverlässige Arbeit in den frostigen Nächten. Bitte bedienen Sie sich von dem heißen Tee, den ich Ihnen vor die Haustür gestellt habe!

Ihre Familie Schultheiss"

Natürlich war ich am nächsten Morgen gespannt, welche Reaktion ich vor der Türe fand und ob meine Teekanne leer getrunken war??
Und wie leer sie war.....!! Kein einziges Tröpfchen Tee kam mehr heraus, als ich sie später in der Küche ausspülte.

Jetzt war natürlich klar, dass ich gleich am nächsten Abend die Kanne nochmals füllte und wieder zusammen mit meinem Zettel vor die Tür stellte.

Die ganze restliche Woche, in der es bei Nacht immer noch frostig kalt war, wurde das nun zu meinem allabendlichen Ritual. Meine Tee Geschmacksvariationen wurden dabei immer einfallsreicher und ich hatte inzwischen ein großes Teesortiment im Haus. Es machte mir richtig Spaß, etwas Gutes tun zu können.

Meinen Zettel ließ ich inzwischen weg, der gute Mann wusste ja wohl nun, dass der Tee für Ihn gedacht war. Ich hatte eine Riesenfreude, dass meine gute Tat so willkommen war und ich jeden Morgen eine leere Thermoskanne herein holen konnte.

Nun waren schon 8 Nächte vergangen und noch immer kam keinerlei Reaktion auf meine Teekannen vor der Haustür. Ich hatte auch gar keinen großen Dank erwartet, aber irgend ein klitzekleines Zeichen von Freude hätte ich doch zu gerne gesehen.

Die kalten Nächte neigten sich ihrem Ende entgegen. Nur noch von Sonntag auf Montag in der neuen Woche, war Frost angekündigt. Da wollte ich noch ein letztes Mal meine Teekanne füllen.

Doch als ich am Montagmorgen wie gewohnt die Haustüre öffnete, war die Kanne noch randvoll und der Becher stand unbenützt daneben. Kein Tropfen fehlte von meiner Glückstee Kräutermischung. Alles stand unberührt und verlassen vor meiner Tür.

Ob ich es wohl übertrieben hatte mit meinen Bemühungen??
Vielleicht war dem Zeitungsmann meine Fürsorge allmählich lästig und er wollte es mir mit der Trinkverweigerung zeigen? Ich hatte keine Ahnung??

Inzwischen waren einige Tage vergangen, ich hatte die Sache schon fast vergessen und vergnügte mich gerade mit meinen Enkelkindern auf dem Spielplatz in unserem Dorf.

Während meiner Abwesenheit bekam mein Mann Zuhause Besuch von einer Frau aus unserer Gemeinde. Sie brachte einen braungebrannten, jungen Mann mit und die beiden fragten nach mir. Mein Mann schickte sie rüber auf den Spielplatz, auf dem sie mir freudig und vergnügt entgegen liefen.

„ Gudrun, das ist mein Schwiegersohn der in Spanien aufgewachsen ist, erklärte mir meine Bekannte. Er hat eine Woche Vertretung für unseren Zeitungsausträger gemacht, weil dieser mit einer Grippe das Bett hüten musste. Mein Schwiegersohn hat mir erzählt, dass er immer am selben Haus in Perouse bei Nacht eine Kanne heißen Tee vorgefunden hat und dass er das ganz toll fand. Er würde die Leute, die dort wohnen gar nicht kennen meinte er wehmütig dazu".

Seine Schwiegermutter wollte ihm diese Geschichte zuerst gar nicht glauben und sie sagte zu ihm." Komm zeig mir mal das Haus, ich weiß sicher wer darin wohnt!"

Und so kam es, dass die beiden auf dem Spielplatz vor mir standen und sich der junge Mann in gebrochenem Deutsch, überschwänglich und mit einer unglaublichen Freude im Gesicht, für die wärmende Aufmerksamkeit in den kalten Nächten bedankte.

Warum er dann den Tee von Sonntag auf Montag nicht mehr getrunken hat, wollte ich noch wissen? „ Da war der reguläre Zeitungsausträger, der inzwischen wieder gesund ist, wieder im Dienst" meinte mein Teetrinker fröhlich.

Nun ist mir einiges klar geworden. Nachdem ich ja keinen Zettel mehr zu meiner Teekanne gelegt hatte, wusste unser ursprünglicher Zeitungsausträger nicht Bescheid und getraute sich ohne Aufforderung nicht, meinen Kräutertee anzurühren, bzw. zu trinken.

Ich musste noch lange Zeit über diese seltsame Geschichte schmunzeln. Besonders darüber, dass der junge Mann von seiner spanischen Herkunft her ganz sicher keine frostigen Nächte gewohnt war, nun ausgerechnet in dieser eisig kalten Woche in Deutschland Vertretung gemacht hat.

Zum Glück ist mir zum richtigen Zeitpunkt die Idee mit dem heißen Tee für kalte Hände gekommen.

Nun bin ich gespannt, mit welchen Temperaturen uns der kommende Winter überraschen wird.

Unvergessen

Mutter erinnert sich an die letzten Kriegsjahre

"Ihr habt es heutzutage gut", sagt meine Mutter des öfteren zu mir und ihren Enkelkindern, wenn wir ihr wieder einmal fröhlich und unbeschwert von den vielen Berufsmöglichkeiten und privaten Erlebnissen erzählen, welche uns in der heutigen Zeit geboten werden.

"Wenn ich da an meine Jugend denke, nichts als Arbeit und Entbehrungen kannte ich damals", erzählt uns die heute 85-jährige, noch rüstige Oma und Mutter.

Ich, als ihre Tochter, bin sehr froh und dankbar, dass ich erst in den fünfziger Jahren geboren wurde und somit den entsetzlichen zweiten Weltkrieg nicht miterleben musste. Trotzdem bitte ich meine Mutter immer wieder darum, mir von dieser schwierigen Zeit zu erzählen, damit diese nicht in Vergessenheit gerät. Die Erinnerung daran, was Anfang der vierziger Jahre in Deutschland geschehen ist, darf nicht verloren gehen. Ich möchte Mutters Geschichte an meine eigenen Kinder weitergeben können.

Hören wir nun einfach zu, was uns diese lebenserfahrene Frau von ihrer Jugend in den Kriegsjahren zu erzählen hat:

"Im Jahre 1927 wurde ich, als erstes von drei Kindern einer Bauernfamilie, im kalten Monat Januar geboren und wuchs in einem kleinen Waldenserort namens "Perouse" auf.

Ich war zwischen 16 und 18 Jahre alt, als ich die Folgen des Krieges in unserem Dorf mit Angst und Schrecken miterleben musste. Meine zwei Brüder Fritz und Helmut waren jünger als ich und ich fühlte mich oft für sie verantwortlich, während meine Mutter die viele Arbeit im Haus, im Stall und auf dem Hof erledigen musste.

Unser Vater wurde schon bald nach Norwegen eingezogen, wo er an der Front, zusammen mit anderen jungen Männern, tagtäglich um sein Leben bangen musste. Durch den Einzug der Männer, Väter und

Söhne, war der Mangel an Arbeitskräften in unserem Dorf sehr groß. Wo Hilfe notwendig war, wurde den betroffenen Familien eine Aushilfskraft zugeteilt. Diese Aushilfskräfte bestanden hauptsächlich aus Kriegsgefangenen, oder aus Frauen und Männern der bereits eroberten Gebieten im Osten. Als Gegenleistung für ihre Mitarbeit durften diese fremden Menschen mit im Haus wohnen und zusammen mit der Familie am Tisch essen.

Meine Mutter bekam einen jungen Mann aus der Ukraine zur Hilfe. Sein Name war "Josef" und er schlief direkt neben meinem Zimmer im kalten Bühnenraum. Ich musste keine Angst vor ihm haben, denn diese jungen Arbeitskräfte wussten sehr genau, dass es ihnen das Leben kostet, sobald sie sich etwas zu Schulden kommen lassen.

Meine Mutter Anna musste alleine mit uns drei Kindern und unserem Josef die ganze Arbeit in der Landwirtschaft verrichten. Dazu gehörte ein Stall voller Milchkühe, ihr Haushalt und die tägliche, harte Arbeit auf den Feldern. Der größte Teil musste von Hand gearbeitet werden. Wir bauten damals Getreide, Kartoffeln, Kraut und Rüben an. Mein jüngster Bruder war noch sehr klein und konnte nicht mithelfen. Ich erinnere mich noch genau, wie wir ihn in vielen Nächten schlafend, in einem geflochtenen Wäschekorb, in den Luftschutzkeller trugen, sobald die Sirenen auf dem Schulhausdach wieder einmal

Fliegeralarm meldeten. Eine ganz schlimme Zeit begann für uns Frauen im April 1945, als dunkelhäutige, marokkanische Soldaten mit Panzern unser Dorf einnahmen und reihenweise unschuldige, verängstigte Frauen vergewaltigten. "Wo Frauen?" schrien diese Soldaten, wenn sie ungefragt in die Häuser stürmten. Ich höre noch immer die entsetzlichen Schreie meiner Großmutter, als die Männer ihr in den Weidensätzen (Uferbepflanzung um den Dorfsee) Gewalt antaten. Dorthin hatte sie vergeblich Schutz gesucht.

Meinem Großvater habe ich es wohl zu verdanken, dass mir selbst nichts geschehen ist und mir diese schweren seelischen und körperlichen Wunden erspart blieben. Beherzt und wohlwissend was er tat, versteckte er mich in seiner Scheune, weit oben auf dem Heuboden. Dieser war nur über eine wacklige Leiter zu erreichen und das Versteck war relativ sicher. Ich musste so lange dort oben liegen bleiben, bis diese marokkanischen Soldaten unser Dorf verlassen hatten und weiterzogen waren. Ungefähr 8-10 Tage, verbrachte ich dort Tag und Nacht in großer Angst. Einmal am Tag brachte mir Großvater in einem geflochtenen Futterkorb eine warme Mahlzeit nach oben. Der Korb war mit einem Büschel Heu abgedeckt, so dass die Feinde annahmen, dass Großvater auf dem Weg war, seine Tiere zu füttern, welche unter dem Heuboden im Stall standen.

Diese gefürchteten Soldaten haben auch in den Häusern randaliert und zum Teil großen Schaden angerichtet. In einer Dorfgaststätte machten sie sich den Spaß daraus, Radios im hohen Bogen durchs Fenster auf die Straße zu werfen. In anderen Häusern zerschnitten sie die Federbetten und nahmen alles mit, was nicht niet- und nagelfest war.

In diesen schrecklichen Kriegsjahren haben wir kaum eine Nacht geschlafen. Es ist mir heute noch ein Rätsel, wie wir trotz der starken Übermüdung alle unsere Arbeit geschafft haben.

Bis zum Jahre 1954 gab es in unserem Dorf einen See, auf dem wir Kinder und Jugendliche im Winter mit Begeisterung Schlittschuh gelaufen sind. Ab und zu ist auch ein Kind im Eis eingebrochen und die anderen halfen mit, dieses wieder aus dem kalten Wasser zu ziehen. Im Sommer nützten die Bauern das Seewasser, um ihre Krautsetzlinge zu gießen. Als Trinkwasser konnte man den See leider nicht nützen, denn das Wasser war unsauber und ungesund.

Mit der Wasserversorgung gab es in Perouse lange Zeit Probleme. In der Kriegszeit und noch einige Jahre danach kam oft kein Wasser aus den Leitungen. Meine Mutter Anna war dann gezwungen, unser Pferd an einen großen Leiterwagen zu spannen, auf dem ein Fass befestigt war und Gefäße für Trinkwasser Platz hatten. Mit diesem Gespann begleitete ich meine Mutter in den Nachbarort "Flacht", um dort am Brunnen unser Fass und die mitgenommenen Gefäße aufzufüllen.

Auf dem Heimweg wurden wir einmal vom Fliegeralarm überrascht. Ich legte mich zusammen mit meiner Mutter ganz flach und reglos in den Straßengraben, während unser armes Pferd schutzlos vor dem eingespannten Wagen scheute und vor Angst schwitzte. Ich weiß nicht, wie oft wir unserem Herrgott "Danke" sagten, weil er uns wieder einmal vor dem Schlimmsten bewahrt hatte.

Kurz vor dem Ende des zweiten Weltkrieges kamen deutsche Soldaten in unser Dorf und ließen sich im Gasthaus "Hirsch", direkt neben meinem Elternhaus, nieder. Nachdem auch der Wirt in den Krieg gezogen war, verlangten die Soldaten von mir, dass ich ihnen ein warmes Essen kochen sollte. Nach der vielen Gewalt, die in unserem Dorf stattgefunden hatte, war meine Angst vor diesen Soldaten sehr groß. Mein Großvater sprach mit den Männern und sie mussten ihm das Versprechen geben, dass mir nichts geschehen wird. So war es dann Gott sei Dank auch.

Nach und nach kamen dann die Männer und Väter aus den Kriegsgebieten an der Front zu ihren Familien zurück. Sie waren gealtert und hatten viel Schlimmes mit ansehen und erleben müssen. Viele von ihnen waren krank, verletzt oder schwer traumatisiert. Alle Familien, die ihre Männer, Väter und Söhne gesund und heil in die Arme schließen konnten, dankten Gott von Herzen für diese Bewahrung in der schlimmen Zeit.

Nachdem mit meinem Vater eine wichtige und wertvolle Arbeitskraft auf unseren Hof zurückgekehrt war, durfte ich für ein Jahr lang mein Elternhaus verlassen, um einer Bäckereifamilie in Öschelbronn den Haushalt zu führen. Ich bekam neue Eindrücke, mein Sichtfeld vergrößerte sich und ich konnte viel praktisches lernen, was mir später in meinem eigenen Haushalt zugute kam. Inzwischen hatte ich auch meinen späteren Mann kennen gelernt, einen Bauernsohn aus unserem Dorf, mit dem ich im Jahre 1954 eine eigene Familie gründete. 1955 wurde uns eine gesunde Tochter geboren und sieben Jahre später rundete ein kleiner Sohne unser Glück noch ab. Auf unserem Bauernhof, erlebten wir trotz harter, körperlicher Arbeit viel Gutes miteinander, für das ich bis heute sehr dankbar und zufrieden sein kann."

Nachdem ich die Geschichte meiner Mutter gehört habe, ist es mir ein Bedürfnis geworden, ihre Erinnerung an diese schwere Zeit wachzuhalten und besonders an die Menschen zu denken, denen der 2. Weltkrieg das Liebste genommen hat. Das sind die vielen Mütter, die ihre Söhne in diesem unsinnigen, todbringenden Krieg verloren haben. Kinder, die nach dem Krieg keinen Vater mehr hatten und Frauen, die durch den Kriegstod ihres Mannes zur Witwe wurden und ihr Leben alleine meistern mussten.
Deshalb darf nicht vergessen werden, was damals geschah, damit wir alle bemüht sind uns für den Frieden auf Erden einzusetzen.

Geschenkte Zeit

Seit einem halben Jahr ist alles anders geworden. Es gibt sie nicht mehr, meine spontanen und herzlich gemeinten Anrufe bei den Eltern, in denen ich sie zu einem gemütlichen Kaffeestündchen mit frisch gebackenem Kuchen eingeladen habe. Vater ist durch seine schwere und unheilbare Krebserkrankung nun endgültig an sein Bett gefesselt. Lebenswichtige Medikamente aus der Tropfflasche, sowie ein Katheder, lassen einen Besuch bei mir, seiner Tochter leider nicht mehr zu.

Und doch erkenne ich in dieser schweren Zeit etwas Wunderbares: Es wird mir kostbare Zeit geschenkt, um langsam und behutsam von Vater Abschied zu nehmen. Kein Herzinfarkt oder sonstiger schwerer Unfall löschte sein Leben in Sekundenschnelle aus. Ich habe noch Zeit, ihm für alles, was er mir und seiner Familie Gutes getan hat, zu danken. So oft ich kann,

nehme ich die Gelegenheit wahr und setze mich an Vaters Krankenbett. Ich halte seine von schwerer Arbeit gezeichnete Hand in der meinen und lasse ihn spüren, wie viel er mir bedeutet, wie sehr ich ihn mag und wie schön unsere gemeinsam verbrachte Zeit war. Nichts was ihm und mir von großer Bedeutung war, muss nun unausgesprochen bleiben. Behutsam stelle ich ihm in diesen geschenkten Tagen, oder gar Wochen Fragen, deren Antworten mir jetzt und für die Zukunft sehr wichtig sind. Seine einst so lebendigen Augen schauen mich nun müde an. Er versucht zu lächeln, doch auch das kostet ihn viel Kraft. Vater weiß, dass seine Lebensuhr nun abgelaufen ist. Ich bewundere seine Tapferkeit und die Gelassenheit, alles was ihn nun erwartet, getrost hinzunehmen. Ich spüre, wie er die Erlösung herbeisehnt und ich bemerke keine Angst in seinem mir so sehr vertrauten Gesicht. Auch Tage der Hoffnung gibt es immer wieder. Da leuchten Vaters Augen und er glaubt an das Wunder, doch noch einmal das Bett verlassen zu können. In solchen Momenten fällt es mir besonders schwer, machtlos an seinem Bett zu sitzen und ihm diesen Glauben zu lassen. Denn ich weiß, seine Krankheit ist so weit vorangeschritten, dass es keine Hilfe mehr geben wird.

Vater ist mir auch in dieser schweren Zeit noch ein Vorbild. Ohne über Schmerzen oder seine hilflose Situation zu klagen, liegt er ruhig und geduldig in seinen Kissen. Auch jetzt ist er bescheiden geblieben und verlangt von uns Angehörigen nur das Allernötigste. Sehr gerne hätte ich Vater noch einmal alle Wiesen und Felder gezeigt, auf denen er ein Leben lang mit Freude und Liebe zur Natur gearbeitet hat. Doch ein Ausflug dorthin ist nicht mehr möglich und ich habe den Eindruck, dass Vater die Vergangenheit bereits ein Stück weit hinter sich gelassen hat. Ohne viele Worte bereitet er sich auf seine große Reise vor. Zum ersten Mal alleine, ohne seine Familie. Vaters innere Ruhe schenkt auch mir Trost und Zuversicht. Denn ich weiß ihn, wenn es soweit ist, gut aufgehoben. Wenn Gott alle Tränen getrocknet hat, wird es im Himmel keine Trauer mehr geben. Auch vieles andere nicht mehr: keinen Hass, keine Sorgen, keinen Schmerz, kein Leid, keine Krankheit und keine Sünde.

Noch nütze ich dankbar unsere "geschenkte Zeit" und verweile so oft ich kann an Vaters Krankenbett. Das tut uns beiden gut.

Abschiedsbrief an meine Mutter

Liebe Mutter,

heute, auf Deinem letzten Weg, möchte ich Dir gerne noch ein paar Worte sagen:

Traurig, aber sehr dankbar schaue ich zurück auf die vergangenen 56 Jahre, die wir miteinander verbracht haben. Es ist nicht selbstverständlich, dass ich Dich so lange behalten durfte. Du warst immer für mich da, ich habe Deine guten Ratschläge bis zuletzt gebraucht und gerne angenommen.

Ich kann mir nicht vorstellen, wie es ohne Dich sein wird. Mir fehlen meine gewohnten Anrufe bei Dir am frühen Morgen in denen ich nachgefragt habe, ob Du aufgestanden bist und ob es Dir gut geht. Ich werde die kurzen Stops vor Deinem Haus vermissen, wenn ich von unterwegs zurückkomme. Und ich muss nun in vielen Lebenssituationen ohne Deinen mütterlichen Rat auskommen. Du wirst mir sehr fehlen und jeder Gegenstand in Deinem Haus wird mich an Dich erinnern.

Zu meiner Erinnerung gehören auch die schwierigen Zeiten, die wir miteinander erlebt haben. Zeiten, in denen wir spürten, dass wir in manchen Punkten ach so unterschiedlich sind und unsere Meinungen weit auseinander gingen. Doch in einem Punkt waren wir uns immer einig: Dass es nichts schöneres gibt als dicken Nebel im November!

Nun liebe Mutter lässt Du mich alleine zurück und ich danke Dir von Herzen für all Deine Liebe und Fürsorge, die ich durch Dich in den vergangenen 56 Jahren erfahren durfte. Eine Mutter lässt sich durch nichts ersetzen. Mutterliebe ist echt, beständig und selbstlos. Nun lebe wohl und ruhe sanft.

In ewiger Liebe und großer Dankbarkeit grüßt Dich Deine, Dich sehr vermissende Tochter Gudrun.

Mutterliebe

Mitten in meinen Alltagsbeschäftigungen kommt mir oftmals in den Sinn, wieviel Gutes mir meine Mutter zu Ihrer Lebzeit getan hat. Jetzt erst, in den Jahren nach ihrem Tod, beginne ich so richtig wertzuschätzen und zu vermissen, was ich oft so selbstverständlich und ohne die dafür gebührende Dankbarkeit entgegengenommen habe.

Jedes Familienfest, ob Geburtstag, oder ein anderer feierlicher Anlass, bereicherte Mutter mit einem mitgebrachten, selbst gebackenen Kuchen. Immer mit der guten Absicht, mich dreifache Mutter zu entlasten indem ich einen Kuchen weniger backen musste. Ihre Träublekuchen waren bei groß und klein beliebt und ich weiß noch wie ich zu Ihr sagte: „Bitte stell ihn gleich auf den Kaffeetisch." Danke sagte ich auch, aber nicht mit der vollkommenen Wertschätzung, die ich heute in meinem Herzen spüre, wenn ich an Mutters Zeit und Liebe denke, mit der sie mir ihren Kuchen gebacken hatte.

Mutter hatte viele Freundinnen, die im Sommer verschiedene Gartenfrüchte zu verschenken hatten. Zwetschgen, Träuble, Rhabarber, alles war im Angebot, sie brauchte die guten Gaben nur zu holen und je nach Obstsorte entsteinen, schälen, klein schneiden und abgewogen in Gefrierbeutel packen. Schon hatte man einen herrlichen Vorrat für alle Feste und Feiern. Doch von alleine machte sich diese Arbeit nicht. Mutter saß dazu viele Stunden in ihrer Schmutzschleuse, wie sie ihren Arbeitsraum für nicht so saubere Tätigkeiten nannte, damit die gute Küche geschont blieb. Wenn dann alle Beeren und Früchte versorgt waren und die Beutel fein säuberlich verschlossen waren, kam Mutters Anruf und ich brauchte die fertigen Sachen nur noch abholen und in meine Gefriertruhe legen. Natürlich hatte sie auch für sich selber noch einiges zurück behalten. So viel Mutterliebe lag in ihrem Geschenk, warum ist mir das erst jetzt so richtig klar? Wie sehr vermisse ich ihren Anruf heute!

Dann waren da noch die unzähligen Gläschen, voll mit selbstgekochtem Gsels (Marmelade), die ich immer mit nach Hause nehmen durfte, wenn ich bei Mutter in meinem Elterhaus vorbeikam. Oben, auf dem Verschlußdeckel klebte stets ein Zettelchen mit der Aufschrift: „Das Gläsle will wieder heim." Ja Mutter war stets darauf bedacht, ihre Gläser für die nächste Füllung wieder bereit zu haben.

Unvergessen bleibt mir auch unser, mit frischen Zutaten gefüllter Kühlschrank, den ich und meine Familie nach der Rückkehr eines jeden Urlaubes vorfand. Und auf dem Küchentisch, neben der gesammelten Urlaubspost, lag immer noch ein prächtiger, frisch gebackener Hefezopf. Wie wunderbar war es doch, so liebevoll umsorgt, wieder in den Alltag starten zu können.

Als Mutter und auch der Vater noch lebten, musste ich leider mehrere Krankenhausaufenthalte hinter mich bringen. Unter anderem für die drei Kaiserschnittoperationen, die zur Geburt meiner Kinder nötig waren. Vor 37 Jahren musste man dafür noch 14 Tage stationär verbringen. Meine Mutter besuchte mich oft und sie nahm jedes mal meine gebrauchten Nachthemden mit nach Hause und brachte sie mir beim nächsten Besuch wieder frisch gewaschen und sauber gebügelt zurück ins Krankenhaus.

Welch ein unbezahlter Reichtum war es doch, so eine fürsorgliche und gute Mutter zu haben!

Als ich dann entlassen wurde, versorgte Mutter meine Familie noch eine ganze Zeit lang, mit einem täglich frisch gekochten Mittagessen. 57 kostbare Jahre lang, durfte ich Mutters Liebe und ihre Fürsorge entgegennehmen. Nicht jedem ist so ein Glück beschert.

Wenn der Winter kam, forderte mich Mutter immer auf, ihr meine Flickwäsche vorbei zu bringen. Jetzt habe ich Zeit, das zu erledigen und du kommst mit Deinen Kindern sowieso nicht dazu meinte sie wohl wissend.

Ich könnte meine Liste mit den guten Taten meiner Mutter noch endlos fortsetzen und auch noch die große Hilfe, die ich von meiner lieben Schwiegermutter erhielt hinzufügen. Es würde ein ganzes Buch füllen. Aber ich glaube, jeder hat verstanden, was ich bis hierher mit meiner Geschichte zum Ausdruck bringen wollte: Wir sollten den Menschen, die wir lieben, zu ihren Lebzeiten unsere Liebe, sowie Dankbarkeit und Wertschätzung entgegenbringen. Irgendwann kann man das Versäumte nicht mehr nachholen.

Ich würde mir wünschen, dass unseren eigenen Kindern eines Tages, wenn wir nicht mehr unter ihnen sein können, das Eine oder Andere schöne Erlebnis aus ihrem Elternhaus in dankbarer Erinnerung bleibt.

Denn eine Aussage meiner Mutter, die selber leider keine schöne Kindheit und Jugend hatte, stimmt mich bis zum heutigen Tag sehr traurig und nachdenklich. Mutter konnte oft sagen: „Wenn ich am Grab meiner Eltern stehe, kann ich keine Träne weinen, denn mir fällt nichts Gutes ein, was ich mit ihnen erlebt habe."

Ich wünsche mir, dass sich solche Aussagen nicht wiederholen.

Wie ich Autorin für die Zeitschrift „Frau und Mutter" (Lebensspuren) wurde.

Liebe Leserinnen und liebe Leser,

gerne möchte ich mich heute einmal vorstellen und Ihnen ein wenig aus meinem Leben als Ehefrau, Mutter, Schwiegermutter und fünffacher Oma erzählen.

Seit nunmehr 16 Jahren bin ich als Autorin mit der Zeitschrift Lebensspuren verbunden. Alle Geschichten, die Sie unter meinem Namen gelesen haben, verdanken Sie in erster Linie meiner verstorbenen Schwiegermutter, Marianne Schultheiss. Sie war es, die mich vor vielen Jahren dazu ermutigte, eine Geschichte aus meinem Leben an die Redaktion einzuschicken. Ich wollte prüfen lassen, ob ich als Autorin überhaupt geeignet bin und ob meine Schreibweise, sowie der Inhalt meiner Texte gut ankommt. Meine Schwiegermutter war schon jahrzehntelang eine treue Leserin des „Blättles", wie sie das Frau und Mutter Heft liebevoll nannte. Und sie kannte meine kreative und lebhafte Ausdrucksweise aus vielen Briefen, die sie von mir gelesen hatte. So ermutigt schrieb ich vor 16 Jahren meine erste Geschichte mit der Überschrift: „Ein ausgefüllter Tag". Der Inhalt beschrieb meinen bewegten Alltag als Ehefrau und Mutter von damals drei kleinen Kindern, sowie Frauchen eines Schäferhundes. Kurz darauf bekam ich von der Redaktion grünes Licht für weitere Geschichten, die ich mit Freude aufs Papier brachte. Zu manch einer Erzählung bekam ich sehr nette Rückmeldungen von den Leserinnen oder Lesern. Das hat mir gezeigt, dass ich auf dem richtigen Weg bin.

Die letzten zwei Jahre kam ich leider nur noch selten zum Schreiben, was mit meiner veränderten Lebenssituation und neuen Aufgaben zu tun hat. Aber das erfahren Sie nun nachfolgend in meinem Vorstellungstext.

Mein Mädchenname ist Gudrun Hettich und ich wurde im Jahre 1955 im kleinen Waldenserort Perouse, als Tochter einer Bauernfamilie geboren. Sieben Jahre später kam noch mein Bruder Siegfried zur Welt. Unser Dorf zählte damals etwa 400 Einwohner und es gab nur ein Auto, das dem ortsansässigen Schweinehändler gehörte. Dessen Frau fuhr damit die werdenden Mütter zur Entbindung in die nächste Kreisstadt Leonberg. Das einzige Telefon, das es damals in Perouse gab hing an der Wand in der Darlehenskasse.

Ich erlebte eine sehr glückliche und unbeschwerte Kindheit auf dem Lande. Das Mithelfen auf unserem Bauernhof, im Stall und auf dem Feld, war ganz selbstverständlich und weckte meine Liebe zur Natur, die ich mir bis heute erhalten habe.

In unserer kleinen Perouser Waldenserkirche, in der heute noch eine französische Bibel auf dem Altar liegt, fanden alle unsere Familienfeiern statt. Dort wurde ich getauft, konfirmiert und mit meinem Mann Martin im Jahr 1982 kirchlich getraut. Auch unsere drei Kinder wurden in dieser Kirche getauft und konfirmiert. Selbst drei unserer Enkelkinder erhielten dort ihre Taufe.

1972, im Alter von 17 Jahren begann ich meine Ausbildung als Erzieherin im Oberlinhaus in Freudenstadt. Danach habe ich sieben Jahre in einem ev. Kindergarten im Nachbarort Flacht gearbeitet. Nach unserer Heirat zogen wir aus beruflichen Gründen für sieben Jahre in das kleine Allgäuer Dorf Ratzenried bei Wangen. Dort kamen auch unsere ersten beiden Kinder zur Welt und konnten mit uns das wunderschöne Voralpenland und die gute gesunde Luft genießen. 1989 zog es uns zurück nach Perouse, wo wir uns als gute, fleißige Schwaben ein Häusle bauten mit einem großen Garten drum herum. Ein Jahr später wurde dann unser drittes Kind geboren und das Häusle füllte sich mit Leben und Arbeit. Als gelernte Kindergärtnerin hatte ich nun Zuhause meinen Wirkungsbereich. Mit der Gestaltung des Gartens, dem Einrichten des neuen Zuhauses und der Mithilfe auf den Feldern meiner Eltern hatte ich von früh bis spät genug zu tun. Als die Kinder älter und selbständiger wurden begann ich meine Tätigkeit bei der Nachbarschaftshilfe in Rutesheim. Das erfüllt mich bis heute mit Freude und Zufriedenheit. Die von mir betreuten Personen sind in allen Altersklassen und haben ganz verschiedene Probleme, für die sie Hilfe benötigen. Zur Zeit begleite ich zweimal in der Woche einen erblindeten Mann mit dem Rollator auf seinem Spaziergang. An einem weiteren Tag fahre ich eine Frau mit Schlaganfall im Rollstuhl spazieren. Nebenher fordert unser Hund viel Zeit und Auslauf von mir und innerhalb von den letzten dreieinhalb Jahren bin ich stolze Oma von vier Enkelkindern geworden. Diese süßen kleinen Racker sind mit ein Grund dafür, dass ich im Moment sehr wenig Zeit und Ruhe zum Schreiben finde. Mit zunehmendem Alter bekam ich immer mehr neue und schöne Aufgaben dazu, aber nichts ist zum Ausgleich dafür weggefallen. Im Jahr 2007 habe ich die bisher geschriebenen Texte in einem Buch zusammen gefasst. Dieses wurde unter dem Titel: „Der Kartoffelplattenspieler" veröffentlicht. Weitere Texte, die ich für die „Frau und Mutter" Zeitschrift schrieb, sind nun in diesem Buch abgedruckt.

Ganz wichtig zu erwähnen, ist noch mein größtes Hobby, mein Garten. Darin grünt und blüht es jedes Jahr durch meiner Hände Arbeit wunderbar und ich durfte schon so manchen Preis für Blumenschmuck und Gartengestaltung entgegen nehmen. Aber hauptsächlich mache ich die Arbeit für mich selber und dafür lasse ich zu gerne auch meinen Haushalt liegen und hoffe immer mal wieder auf Regenwetter, um diesen wieder auf Vordermann bringen zu können. Gartenarbeit ist Balsam für meine Seele, darüber habe ich auch bereits eine Geschichte geschrieben. Selbst Unkraut jäten macht mir Freude. Die Zeit vergeht wie im Flug, wenn ich hier in meinem kleinen (eigentlich großen) Gartenparadies kreativ werde und meine Ideen verwirklichen kann. Mit zunehmendem Alter spüre ich nun auch meinen Rücken und meine Knie, wenn ich es zu sehr in meiner grünen Oase übertreibe.

Nun wünsche ich mir für die kommenden Jahre, dass ich zwischen allen meinen Aufgaben immer wieder eine Zeitlücke finde, in der ich meinem weiteren Hobby, dem Schreiben nachgehen kann. Ich habe noch so viele Ideen und neue Texte im Kopf, die ich Ihnen, liebe Leserinnen und Leser gerne zukommen lassen möchte. Bedanken will ich mich für all die netten Rückmeldungen und für Ihr freundliches Interesse am Lesen meiner Geschichten. Eine gute, gesunde und glückliche Zeit und Gottes Begleitung an jedem neuen Tag wünscht Ihnen   Gudrun Schultheiss